JN171994

カミュの言葉

光と愛と反抗と

ぷねうま舎

装丁＝矢部竜二
Bowwow

はじめに

アルベール・カミュ（一九一三―六〇年）は一九五〇―六〇年代にしきりにもてはやされた作家・思想家だったが、二一世紀のこんにち、私たちの国ではほとんど忘れられようとしている。だが、彼はフランスでは依然として二〇世紀を代表する古典的な作家として多くの（特に若い）読者に支持されているし、作品の研究は今なおこの国をふくむ世界中で盛んになされている。またブアレム・サンサル、ヤスミナ・カドラ、マイサ・ベイ、カメル・ダウドなど現代アルジェリア反体制作家たちにとっても、カミュは依然として両義的だが不可欠のレフェランスになっている。忘れられようとしているが、時には思いだしたい彼の〈言葉〉を、残された膨大なテクスト群から選び、それに若干の説明とコメントを施すことで、そのようないささか残念な彼我のギャップを少しでも埋めようとするのが本書の意図である。そこでまず、一九六〇年代に影響を受けた私の現在のカミュ観を述べることからはじめたい。

カミュはあたかも出世作『異邦人』の題名が予告したかのように、フランスにおいて終始アウトサイダー、正統ではなく異端の作家だった。小説や劇作品の舞台をフランスに設定することは皆無に近く、エッセー、評論も時流に抗する反時代的なものが大半だった。にもかかわらず、あるいはだからこそ、一九四〇年代から約二〇年間、フランスはもとより、国際的にもっとも注目されるフランス人作家のひとりになった。それは必ずしも、五七年に四四歳の若さでノーベル文学賞を受賞したからではなく、なによりもごまかしや嘘のない、誠実で直截な言葉に同時代的な共感を呼ぶものがあったからである。

ソルジェニーツィンは、イデオロギー的な嘘を拒否したカミュへの共感を語っているし、ポーランドの詩人チェスラフ・ミウォシュは、フランスに亡命したときに歓迎してくれた稀な左翼知識人として感謝と友情の気持ちを寄せつつ、彼を「あえて基本的な事柄を言う勇気」をもつ作家だったとして讃えている。また、五六年の「ハンガリー動乱」のとき、激しい弾圧にさらされていた反体制派の知識人たちが真っ先に連帯を求めたのはカミュだった。くわえてロシアの詩人ボリス・パステルナークとの文通、あるいはアメリカの思想家ハンナ・アーレントや小説家ウィリアム・フォークナーとの友誼などのこともよく知られている。

カミュは生前、その反時代性によりさまざまな毀誉褒貶にさらされたが、不慮の交通事故死をした一九六〇年一月に、ジャン゠ポール・サルトルは第二次世界大戦後のカミュを、「ひとつの人格、ひとつの行動、ひとつの作品の見事な結合だった」と評しつつも、こんな証言をしている。

彼は今世紀、〈歴史〉に抗して、その作品がフランス文学のたぶんもっとも独創的なものをなしているモラリストたちの長い系譜の後継者であった。彼の堅固で純粋な、厳格で感覚的で、頑強なユマニスムは、この時代の大量の醜悪な出来事にたいして成算のない闘いを挑んだ。しかし逆にいえば、彼はその頑固な拒否によって、私たちの時代の中心で、マキャベリ主義者たちに逆らい、現実主義という拝金主義に逆らって、倫理的な事柄を再肯定したのである。

（《フランス・オプセルヴァトゥール》誌、一九六〇年一月七日号）

これは当時、「マルクス主義は乗り越え不可能な地平だ」とみなし、共産主義革命という〈歴史〉の進歩を信じていたサルトルとしてはかなり無理をした賛辞だったが、それでも「〈歴史〉に抗した」カミュの特質をよく言い当てている。カミュはたしかにモラルを重視し、古典的なユマニスムを手放さず、あくまで「基本的な事柄を言う勇気をもつ作家」だったからだ。だが、サルトルのこの評価は、カミュを時代遅れの保守的な作家とみなす点で、かなり消極的な賛辞でもあった。

他方、ジャーナリスト、作家のジャン・ダニエルは二〇〇六年、長年の友人でもあったカミュの異端性を強調し、「知識人は何よりもまず、時流に抗することができる人間でなければならない」ことを教えてくれた稀有の作家だったと積極的に評価している。つまり時流、〈歴史〉に逆らったことにこそカミュの先見性と、知的な勇気があったというのだ。これらふたつの評価は正反対だが、いずれもカミュの反時代性、異端性に着目していることに共通点がある。

カミュは小説家、劇作家、エッセイスト、ジャーナリストとしていくつものジャンルに手を染めたが、かりにこれらのジャンルに通底する考えを彼の「思想」と呼ぶなら、思想家としてもまた、かなりアウトサイダーだった。彼の恩師で友人でもあったジャン・グルニエはそのことをこんなふうに指摘している。

思想をもつということは、哲学や経済学や知の他の諸部門の専門家たちだけに認められた一つの特権であるように思われる。他方、長く苦しい内的経験の結果を熟慮反省したべつの範疇に属する人びとも存在する。この人びとにあっては、思想は研究の成果——研究に支えられることはあっても——ではなくて、深い感情なのである。前者が自己の人生にどんな重大な結果も及ぼしていない所信を表明するのにくらべて、後者は、自己の思想を行動にあらわす。アルベール・カミュが属していたのは後者の範疇で、この方が若者たちや生きた体験の真実を求めるすべての人々に多大な影響力を与えるのである。

（『アルベール・カミュ回想』井上究一郎訳）

みずからを「知識人」「哲学者」、あるいは「思想家」でさえなく、好んで「芸術家」と見なしていたカミュの思想とは、「深い感情」であり、なによりも「行動にあらわされ」る「生きた体験の真実」を目指すものだった。それが学問的でなく、具体的な実存に即した「内的経験」、人生哲学だったからこそ、若者を中心に大きな影響をあたえることができた。このようなジャン・グルニエの指摘に、半世紀前にその影響をうけた者のひとりとして、私も深く共鳴する。また、カミュが尊敬し、兄事していた詩人ルネ・シャールも、「私はじぶんの著作につねにみずからの全人生と全人格を注ぎ込んできた。私は純粋に知的な諸問題のなんたるかを知らない」というニーチェの言葉がそっくりカミュにあてはまると断言していた。

これからカミュの〈言葉〉として重要と思われるテクストを引用し、註解しながら若干の考察をくわえることになるが、ここで取り上げられるカミュのいわば知行合一の「思想」は、グルニエやシャールが言うように、専門的な「哲学」ではなく、あくまでアウトサイダー的な「深い感情」に発する実践知だという観点に基づくことをあらかじめ断っておく。

カミュの文筆活動は、習作の時期をふくめてもほぼ二五年と、かなり短いものだったが、プレイヤード版で四巻もの仕事がある。この短い期間を前期、アルジェリア時代（一九三五―四四年）、中期パリ時代（一九四五―五一年）、そして、五二年の名高いサルトル＝カミュ論争のあとの後期の孤立時代（一九五二―六〇年）と三つの時期に分けることができる。まずアルジェリア時代、すなわち彼の青春時代の言葉を拾ってみよう。

カミュの言葉 ✣ 目次

第三章 歴史とテロ

第一章 太陽と貧困

1　アルジェリア

私は貧困と太陽の中途におかれていた。貧困は私に太陽の下、歴史においてはすべてがよいものだとは信じさせず、太陽は歴史がすべてではないことを教えてくれた。（『裏と表』序）

†

アルベール・カミュがみずからの少年時代を回想した文章である。彼は一九一三年に当時フランス領だったアルジェリアに生まれた。父リュシアンは葡萄農園で働く、いわゆるプアー・ホワイトだったたが、第一次世界大戦に招集され、初めて目にしたフランス本国のマルヌの戦いで戦死した。ふたりの息子を抱えた母カトリーヌ・サンテスは家政婦をしながら細々と生計を立てていた。そのうえ、スペインのマヨルカ島生まれのこの母親は文盲で、耳が不自由だった。カミュは四二年に『異邦人』の発表で成功し、ガリマール社の原稿審査委員となるまで、つねに明日の心配をしなければならないほど経済的に不安定な生活をおくっていて、長いあいだ貧困は彼につきまとう現実だった。とはいえ彼は、「私が人生の真実にもっとも確実にふれたのは、あの困窮生活のなか、控えめ、もしくは見栄っ張りな人びとのあいだにおいてだった」（『手帖Ⅰ』）と書いている。また晩年になっても、若いころに極端な貧困を経験したおかげで、「怨恨と満足という、どんな芸術家をも脅かす、正反対のふたつの危険から護られていた」（『裏と表』序）と回想している。

「歴史」という言葉はカミュにおいてつねに「世界」の対立概念になるが、ここではたんにある特定の人間社会の、大小の出来事の流れという広い意味でもちいられている。ひとはだれしもそれぞれ個別の不運や不平等を経験するが、じぶんはそのことで一度も不幸だと感じたことはなかった。だれにでも平等にめぐまれる太陽の光、つまり地中海の自然の富（のちに彼はこれを「真の富」と呼ぶ）が、つねに現実とは別の世界があることを思いださせてくれたからだという。のちに彼は大文字で書かれる〈歴史〉に深く関わっていく一方、たえず〈歴史〉に抗して「世界（自然）」の永遠と美を讃える、二〇世紀後半の稀な作家のひとりとなる。

＊　なお、ここで彼の『手帖』について説明しておけば、カミュは一九三五年五月から五九年一二月まで備忘録風の『手帖（*Carnets*）』を書き残している。果たしてジッドの『日記』のように最初

から公刊を意図していたものかどうかは不明だが、これは作品のアイデアやエピソード、読書の感想、旅行日誌その他気づいたことを随時書きとめたもので、彼の作品の発生と成立、思想の変遷などを知るには大変有益なものである。新プレイヤード版には九巻に分けて収録されている。その内訳は、Ⅰ、一九三五―三七年九月、Ⅱ、三七年九月―三九年四月、Ⅲ、三九年四月―四二年二月、Ⅳ、四二年一月―四五年九月、Ⅴ、四五年九月―四八年四月、Ⅵ、四八年四月―五一年三月、Ⅶ、五一年三月―五四年七月、Ⅷ、五四年八月―五八年七月、Ⅸ、五八年七月―五九年一二月である。また、引用のときは『手帖Ⅰ』のようにローマ数字で示す)。

†

世界は美しい。この世界の外に救いはない。

(『結婚「砂漠」』)

世界の外に救いはない。ぼくの王国はこの世界だ。

(「キリスト教形而上学とネオプラトン主義」)

カミュはよく地中海の自然の美を讃え、それへの郷愁を語ったのだが、彼にあって「世界」

はつねに唯一の人生の舞台である「この世」のことである。しかし、この「世界」は、歴史以前から存在する宇宙的なものであって、必ずしも地球に限定されない。また、ここで「この世界の外に救いはない」というのはもちろん「教会の外に救いはない」とするカトリックの教義への挑戦である。

じっさい彼は一度もキリスト教徒であったことはないが、かといって無神論者でもなかった。晩年になっても、「私は神を信じない、たしかにそうだ。しかし、だからといって、無神論ではない。無宗教に何かしら卑俗な……そう、言い古されたものを見る」と認めていた。また、「私には聖なるもの（sacré）の感覚があるが、未来の生というものを信じていないだけだ」と言い、人知をこえる超理性的な聖なるものへの感覚を保持しつづけた。

さらに、「私はキリスト教徒たちより、異教の古代世界の価値に親近感をおぼえる」と公言し、キリスト教に反発し、折りがあればその批判をしていた。たとえば『ペスト』の主人公の医師リユーが、幼子がペストに感染して酷（むご）たらしく死んでいくのを見守ったあと、かたわらの神父に向かって、「私は死ぬまで、子供たちが責めさいなまれるような創造を愛することを拒否するでしょう」と激しい口調で言うのがその典型的な事例である。

この反キリスト教主義と関連して、二〇世紀後半の大部分の作家としては珍しく、カミュには形而上的怨恨、さらには抗議というべき側面があった。形而上的怨恨、抗議とは死すべき運命にある人間の条件、また無垢な子供の苦しみなど、理解不可能な諸悪の永続の責任者である神の「創造」に向けたものである。だからカミュの思想にも作品にも神は存在しないが、「不在の神」なら直接的、間接的にたえず言及される。これは非キリスト教圏に生まれ育った者には、必ずしも十全に理解できない機微である。だが、カミュの異教的な感性が簡潔に明かされるつぎのような言葉なら、みずからの経験として共感をおぼえる読者も少なからずいるにちがいない。

手と花々とのあの一致——大地と人間的なものから解放された人間との、あの愛情にみちた合意——ああ、もしそれがすでに私の宗教でなかったとしたら、それに改宗するだろう。いや、それは冒瀆ではありえないのだ。

（『夏』）

あるいは、窓外の木の葉に突然注ぎはじめた太陽の光を見ながら耽るこんな想念。

世界と離れたがる者たちのことはほうっておこう。ぼくはもう嘆きはしない。今じぶんが生まれるのをながめているのだから。ぼくはじぶんの王国で幸福だ。なぜなら、ぼくの王国とはこの世界なのだから。通り過ぎる雲と色あせる瞬間。じぶんにとってのじぶんの死。

好きな頁で開かれる本。きょう、その頁も世界という本があるなかでは味気がない。……すばらしい沈黙の瞬間。人間たちは黙ってしまった。しかし、世界の歌が立ちのぼり、洞穴の底につながれていたぼくは、何かを望むまえに充たされている。永遠はそこにある。ぼくはそれを望んでいたのだ。

（『手帖Ⅰ』）

必ずしも宗教的ではないが、このように美しい風景に見とれて、しばらくのあいだ、われを忘れ、心が洗われて、じぶんがすっかり別人になったような気分になることは、だれにでもある経験だろう。若き日のカミュはこのような詩的散文を好んで書いていた。

なお、カミュはシモーヌ・ヴェイユの「発見者」のひとりでもあり、戦後ガリマール社の《希望》叢書の監修者として、四八年から六〇年まで、「時代の病を理解し、その治癒策を見分けよう」と「希望にみちた先駆者の孤独」を生き抜き、つねに「ごく自然に本質的なものに赴く」思想家ヴェイユの『根をもつこと』にはじまり、「解放後発表された、もっとも偉大で、高貴な書物」だという『工場日記』にくわえて、『超自然的認識』『ギリシャの泉』など八冊の著作をつぎつぎに刊行したのも、まさしく知行合一的な信念とともに、宗教的感性の類縁性を感じたからだったと思われる。ジャン・グルニエはカミュの作品にはふたつの鍵があり、ひとつはメルヴィルの小説『モビー・ディック』、もうひとつはシモーヌ・ヴェイユの思想であるが、カミュはこのいずれをも「神秘的なものと聖なるものとにたいする感情」ゆえに称賛していたのだと証言している。

また、のちの五七年にノーベル文学賞を受賞したとき、ストックホルムでの記者会見の折り、今フランスでもっとも親近感をおぼえる人物はだれかときかれて、カミュは詩人のルネ・シャールとともに、死者ながらシモーヌ・ヴェイユの名をあげている。のみならず、この受賞をめぐる喧噪を避けるために、親しくしていたヴェイユの母親セロメア・ヴェイユの家に避難させてもらい、生前のシモーヌが祈っていた部屋でしばらく過ごしたという。

†

私が人間の道徳と義務についてもっとも確実なものとして知っていることのすべてを、フットボールに負っている

(『手帖Ⅶ』)

フランス人はスポーツという言葉自体を英語から借りているように、伝統的にスポーツを愛する習慣はなく、わずかに上流階級でテニスやスキー、馬術、フェンシングなどが愛好されたものの、サッカーなどの団体スポーツを好むのは庶民である。カミュはリセのころからこのスポーツを好み、チームのゴールキーパーとして才能を発揮して、プロの選手になることさえ夢

見ていた。そしてじっさい、彼のチームメートのひとりがのちにフランスのナショナルチームの一員にまでなっている。ところが、カミュは一七歳のとき肺結核に罹ってその夢を諦めざるをえなくなった。しかし、のちになっても『異邦人』ではサッカー選手の勇壮さやサポーターの熱狂のこと、『ペスト』ではセンターフォワードとミッドフィルダーの戦略上の重要性をめぐるふたりの登場人物の論争のことに言及し、『転落』では比類のない「無垢」の経験への郷愁として、『最初の人間』では少年時代の懐かしい思い出として登場人物にサッカーの話をさせるなど、サッカーへの情熱を失わず、晩年になってもフランスリーグの試合を見物する機会を逃すことはなかった。これは、当時のフランスの作家、インテリとしてはごく少数派だった。ましてサッカーからモラルの原則を学んだとなると、多少なりとも知的な人間には素朴すぎて口にできないことになる。しかし、私たちが多少なりとも実践している具体的な道徳律は、ルールを守るとか、フェアプレーに徹するとか、監督の命令に従うとか、敗者を見下すなといったことに近く、じっさいは案外単純なものではなかろうか。

カミュには精神のまえに身体を重んじ、「身体のそばで、身体によって生きているうちに、人は身体にはそれなりのニュアンス、生があり、あえて無意味な言い方をすれば、固有の心理がある。精神の進展と同じように、身体の進展にもそれなりの歴史、曲折、進歩、そして損失があることに気づく」（『結婚』）と述べている。

精神は無限に肥大し、人間を錯誤に導くことがあるが、身体はおのれの限界を知っているので節度を失わない。このように身体感覚を精神の判断に優先させ、思想に身体性を導入することの重要性を彼はこう要約している。

幸福が希望の不在から生まれ、精神がその理性を身体のなかに見いだす奇妙な瞬間、立ち止まらねばならないのはこの均衡のうえなのだ。（『結婚』）

このような身体と知性の絶妙なバランス感覚を保ちながら、彼の初期のエッセー、とりわけ『異邦人』の主人公ムルソーが書かれていることは改めて指摘するまでもあるまい。

ちなみに、ニーチェもまた、身体を軽蔑する者に、身体は「一つの大きな理性」であり、「本当の自己」であるとして、「私の兄弟よ、きみの思想と感情の背後には、ひとりの強力な支配者、ひとりの知られざる賢者が控えている。……その者は身体なのだ」とツァラトゥストラに言わせている。

このころのカミュは、「その場のあらゆる話題に、また話題に関係なくても、ニーチェをもちだす」と、アウグスティヌスとプロティノスとを対比的に扱った高等教育修了論文「キリスト教形而上学とネオプラトン主義」の指導教官、ルネ・ポワリエ教授にからかわれたほどのニーチェの愛読者だったから、たぶんその影響もあったのかもしれない。愛読書の著者との距離が消えてしまうというのは、カミュならずとも少なからずの若者が経験することだろう。ましてカミュは、転居するたびに必ず仕事場にニーチェの写真をかざり、一九五四年にはニーチェが狂気に陥ったトリノのカルロ・アルベルト広場に巡礼の旅をし、六〇年に交通事故死したときにも、カバンに『悦ばしき知恵』を入れていたというくらいに筋金入りのニーチェ主義者だったのだから、なおさらだった。

†

ひとつの土地との絆、何人かの人間たちへの愛を感じ、心がつねに調和を見いだす場所があると知ること、それだけですでに一度かぎりの人生にとっては多くの確信となる。

（『結婚』「アルジェの夏」）

カミュ文学の理解のためには、まず貧困の経験、つぎに生まれ育ったアルジェの街、アルジェリアの土地の精霊ということを念頭におく必要がある。「心がつねに調和を見いだす場所」との絆としてのアルジェリアというトポスが、彼の異邦性のもうひとつの要因を形成しているからだ。この絆が忘れがたい幸福と同時に癒やしがたい不幸の原因になったからである。後述するように、彼は『異邦人』のムルソーのようにアルジェを愛し、パリに移ってからもたびたび帰郷したが、五四年からはじまったアルジェリア戦争のあいだ、植民地問題をめぐって深刻な内面の危機に陥らざるをえなかった。

カミュはずっとみずからの曾祖父が一八七〇年の普仏戦争でフランスが敗戦し、それに伴ってドイツ領になったアルザス地方を逃れてアルジェリアにわたったと思いこみ、じっさいそう書いてもいた。だが、その後の伝記研究の成果によって、彼の曾祖父クロード・カミュは一八〇九年、ボルドーに生まれ、フランスがアルジェリアを征服し、併合した一八三〇年からしばらくして新天地に入植したことが判明した。だがいずれにしても、カミュ家の当主たちは新天地ではかばかしい成果をおさめられず、前記したように、三代目のリュシアン・カミュ、すなわちアルベール・カミュの父親は葡萄農園のしがない管理人で満足せざるをえなかった。

アルジェの貧民街ベルクール地区で育った戦争孤児のカミュは、とてもリセ、大学などに進学できる境遇ではなかったが、小学校の教師ルイ・ジェルマンに目をかけられ、この親切な教師が特別授業までしてくれたおかげで、国家給費生試験に合格し、なんとか学業をつづけることができた。そして、のちに彼がノーベル賞をうけたとき、真っ先に感謝の念を抱いたのはこのジェルマン先生にたいしてであり、死後出版された未完の自伝小説『最初の人間』でもこの先生のことが存分に語られている。父親のいないカミュにとって、この恩師はかけがえのない精神的な父親の役割を果たしてくれたのである。

アルジェリアの「何人かの人間」とはこの教師以外に、『最初の人間』で生き生きと描かれる彼の家族、幼友達とともに、彼が一九三六年から三九年まで、脚本家、演出家、俳優として指導していた〈労働座〉や〈仲間座〉の演劇仲間たちのことだろう。演劇もまたサッカーと並んで彼の一生の情熱であり、小説『異邦人』や哲学的エッセー『シーシュポスの神話』によってパリで有名になっても脚色、演出などの演劇活動を好んでおこなった。彼は、創作劇『カリギュラ』『誤解』『戒厳令』『正義の人びと』の他、フォークナーの『尼僧への鎮魂歌』、ドストエフスキーの『悪霊』などの小説の脚本を残している。最後のインタビューでも、「私が知っているわずかのモラルはサッカー場と芝居の舞台で学んだもので、このふたつはこれからもずっと私の真の大学でありつづけるだろう」と述懐しているように、演劇はサッカーと並んで彼のモラルの基本を形成したのである。

2 抒情的エッセー

†

春になると、ティパサには神々が住まう。神々は太陽とアプサントの匂いのなかで話す。海は銀の鎧をまとい、空はかぎりなく青く、廃墟は花々におおわれ、光は堆積した石のうえにほとばしる。平原はときに、太陽で黒くなる。

（『結婚』「ティパサでの婚礼」）

ティパサとはアルジェから七〇キロメートル西にある古代ローマ都市の廃墟である。カミュは何度もこの地を訪れ、作品ではさながら聖地のように扱われている。なぜなら、この地には太陽、海、空、植物、石と地中海世界の「真の富」が凝縮されているように思われるからだ。「廃墟はふたたび石と化し、人間の手が磨きだした光沢を失って自然に帰った」。そしてそこには何事もなかったかのように植物や花々が繁茂している。すなわち歴史（人為）にたいする世界

（自然）の勝利を証している。そこで彼は、「アプサントを踏みしだき、廃墟を愛撫し、じぶんの呼吸を世界のざわめく息吹と一致させようとする」努力の果てに、「これ以上世界に近づけない」と感じて、「あるがままのじぶんとなり、みずからの深い韻律を見いだし、じぶんを全体のなかに加えて、みずからを成就する」。そうして初めて「世界との結婚」すなわち自然との交感、合一の意識、いわば空間的永続性の感覚が得られる。このようにして再生した自己は、「生きることの誇り」と「幸福への意志」を無垢なかたちで確信することができるようになるという。

これはかなり異教的な神秘体験を語るテクストだが、先に述べたようにカミュはキリスト教徒ではなかったものの、けっして無宗教者ではなかった。だからここにおける「神々」はたんなる比喩ではなくて、生きている現実も同然であり、以後しばらく、キリスト教の神も人間の理性も信じない彼の創作の源泉になる。「今や全身を使って生き、全霊をそそいで証言するだけでよい。ティパサを生き、証言すること。芸術作品はそのあとにくるだろう。そこにはひとつの自由がある」。これは若きカミュの「生の賛歌」である。そして、この賛歌はこのように仕上げられる。

少なくとも今、砂のうえでたえまなく波が開花する音が、金色の花粉の踊る空間をとおって、ぼくのところまで届いてくる。海、野原、沈黙、この大地の匂い。ぼくは香しい生に充たされ、すでに金色に染まった世界の果実をかじり、その甘く強烈な果汁がくちびるに沿って流れるのを感じて、心が揺すられる。いや、大切なのはぼくでも、世界でもなく、ただ世界からぼくのほうに愛を生じさせる調和と沈黙だけなのだ。ぼくはこの愛を太陽と海から誕生した、生き生きして気持ちのよい種族とわかち合っていることを自覚し、それを誇りにしているので、じぶんひとりのためにその愛を要求する弱さをもっていなかった。この種族はみずからの簡素さのなかに偉大さを汲みとり、浜辺に立って彼らの空のまばゆいばかりの微笑に、合意の微笑を投げかけることができるのだ。（同前）

ここでカミュは、どこまでランボーの「また見つかった／何が？／永遠が／海と溶け合う太陽が」という、あまりにも有名な詩句を意識していたのかは分からない。たしかなのは、以後アルジェリアの太陽と海が彼の心象風景に不可欠なものになることであり、それはたとえば最初に書こうとしていた小説の主人公をメルソー、すなわちメール（mer海）とソレイユ（soleil太陽）を合成した名前にしていることからも分かる。

この世界をまえにして、ぼくは嘘をつくことも、つかれることも望まない。最後までじぶんの明晰さを保ち、嫉妬と恐怖を思いっきりぶちまけながら、みずからの終焉を眺めたい。ぼくが死を恐れるのは世界から身を引き離すかぎりにおいて、持続する空を眺めずに生きる人間たちの運命に執着するかぎりにおいてなのだ。意識的な死を創り出すことは、われわれを世界から隔てている距離をちぢめることであり、永劫に失われる世界の心躍るイメージの終了のなかに喜びもなくはいっていくことなのだ。

（『結婚』「ジェミラの風」）

†

ジェミラはティパサと同じく古代ローマ都市の遺跡だが、ティパサとちがってまったく植物はなく、見わたすかぎり石の光景である。そこは「世界がつねに歴史に打ち克つ」ことをまざまざと見せつける「死の街」、人間の「野望や征服」の徴（しるし）が跡形もなく消え去り、「精神が死んで真実が誕生する」場所である。若いカミュが訪れた日のジェミラの廃墟には、ことのほか強い風が吹いていて、彼は激しく吹きすさぶその風に身をさらし、風が石にあげさせる「大きな叫び」を耳にしながら、今度は「生の賛歌」ではなく、「死の瞑想」に誘われる。そしてこんな体験をする。

じつに長いあいだ風に擦られ、一時間以上も揺すられ、その抵抗に茫然となり、ぼくはじぶんの身体が描く輪郭の意識をなくしていった。潮に光沢をあたえられた小石のように、ぼくは風に磨かれ、魂まですり減った。ぼくはじぶんを漂わせるその力の一部になり、やがてその力が増大し、そしてついにぼくの脈打つ血管の音と、現前する自然の心臓の大きな打音とが一体になった。……間もなく、世界の隅々に拡散されたぼくは、すべてを忘れ、じぶん自身からも忘れられて、その風になり、風のなかの柱列になり、アーチになる。そしてぼく自身からの離脱、それと同時に世界へのぼく自身の現前をこれほどまでに感じたことはかつてなかった。（同前）

このような、やはり世界との合一の忘我を経験して初めて、彼は最初に掲げたみずからの死の「真実」を語ることができるようになる。彼はこの「意識的な死」をテーマに、やがて小説『幸福な死』『異邦人』を書くことになるだろう。

この「ジェミラの風」ではとりわけ顕著だが、カミュの作品にはつねにどこか悲劇的な雰囲気がある。これは一七歳のときに罹った結核に終生つきまとわれたからである。ストレプトマイシンがまだなかった当時、結核は不治の病とみなされていたので、何度も喀血し、医者の目に死の宣告を読み取った彼は、たえず死の不安と恐怖と闘わねばならなかった。というのも、彼にとっては幸福な若者の死ほど悲劇的なものはなく、「青春とは死との厳しい対面、太陽を愛する動物の身体的な恐怖」のことであり、少なくともこの点においては「青年は幻想をもたない」からだった。

のちにふれるが、彼が長いあいだ、じぶんが死刑台にのぼる悪夢を見たというのも、この不治の病と関係がある。このために大好きなサッカーができなくなったばかりでなく、教職につくことも、第二次大戦時に志願兵になることもかなわなかった。

貧困と病気との闘い、これが彼の青春時代にずっと暗い影をおとしていたのである。

†

今でもなお、私は『孤島』あるいはこの著者の他の本のなかにある文章を書いたり言ったりするが、そのことを嘆かない。私はただ、じぶんの幸運――だれよりも身を屈する必要があった私が、ちょうど必要なときにじぶんの師をみつけることができ、年月と仕事を経ながらずっとその師を敬愛し、師に敬服できたという幸運に驚嘆するばかりだ。というのも、少なくとも人生で一度、このような熱狂的な服従を経験できるのはひとつの幸運に違いないからだ。

（『孤島』序文）

カミュが一九三〇年、一七歳のときに出会った、リセの哲学の教師ジャン・グルニエ（一八九八―一九七一年）との師弟関係はフランス文学史に残る有名なエピソードである。グルニエは三八年まで、リセ・ダルジェ、ついでアルジェ大学で教鞭をとるあいだ、病気がちで貧しいアルベールに目をかけ、学業、読書などについて忠告を惜しまなかった。また彼自身は雑誌NRF（『新フランス評論』）との関係が深く、三三年にエッセー集『孤島』を公刊すると、一読したカミュは深い感銘をうけ、以後文学を志すようになった。それまで、「世界の真実は唯一美とその美があたえてくれる喜びにある」という感覚の世界だけで生きていた「野蛮な幸福」の蒙を啓き、「これらの外観は美しいが、いずれ滅ぶはずであり、そのようなものとして絶望的に愛さなくてはならない」、つまり彼の名高い箴言（しんげん）を借用すれば、「生きることへの絶望なしに、生きることへの愛はない」（『裏と表』）という別次元の「文化」を発見させてくれたからだといえよう。

じっさいカミュは、『裏と表』（一九三七年）、『結婚』（三九年）などに見られるような、ある特定の場所と風景を訪れ、そこでの印象、発見、想念を書きとめるという、形式的にはグルニエ風の抒情的なエッセーを書くことから文学的な出発をしている。さらに、彼は習作時代から原稿を必ずグルニエに読んでもらい、意見を求めることを習慣とするようになった。たとえば、最初の小説『幸福な死』は師の忠告に従って公刊を断念したのだし、『異邦人』や『シーシュポスの神話』なども師のチェックをうけている。その後も「熱狂的な服従」が維持され、カミュの死まで、ふたりは師弟の関係を超えた親しい友人でありつづけた。また、グルニエが生まれたのはブルターニュ地方のサン・ブリユーだったが、そこにはたまたま、戦死したカミュの父親の墓があるという奇縁もあった（このことは『最初の人間』に詳述されている）。だから、『裏と表』や『反抗的人間』などのカミュの著作がグルニエに捧げられているのはごく自然なことなのだ。

他方、師のほうは弟子にして年少の友人となったカミュについて、著書『アルベール・カミュ回想』を残すほか、弟子が作品を発表するたびに雑誌に好意的な書評を載せた。さらに死後出版された彼の『手帖』、そして『カミュ＝グルニエ往復書簡』はカミュ研究者にとって不可欠の文献になっている。

＊　もう半世紀も昔のことだから時効だろうと判断し、ここにいささか老人の自慢話めいたエピソードを追加しておきたい。私は一九七〇年、つまりグルニエの死の前年、当時留学していた高等師範学校の校長で、ギリシャ古典文学の大家ロベール・フラスリエール先生がアルジェ大学時代の

同僚だった関係で紹介の労をとってくださり、二度ほどグルニエ先生にお目にかかって、お話をうかがったことがある。場所は先生がお住まいだったパリの南郊ブール・ラ・レーヌのご自宅。私はおもにカミュのことをうかがい、カミュとロマン主義との関係が大事だとか、バタイユのニーチェ論がカミュ理解の参考になるとか、カミュの晩年をもっともよく知っているのはルネ・シャールだろうといった教示をうけた。ただ、話題はむろんカミュのことだけには限定されなかった。いかにも道教の精神にかんする著書のある人らしく、キリストの十字架像に見られるように、西洋のこれ見よがしな宗教的心性の誇示とは反対に、東洋の宗教のありかたはもっと控えめで奥ゆかしいことに興味をそそられるといった話。フランス文化は失敗した、その証拠にフランスに住みながらアラブ人たちはあのようにまったく無関心ではないかという話。さらに、とりわけ私の心に刻みつけられたのは、自律、独立（indépendance）を獲得するとは、おのれの依存（dépendance）するものを選ぶことだという忠告だった。ごく最近、プレイヤード版カミュ全集第一巻をめくっていたら、カミュが九五七頁に「グルニエの言葉――〝独立は依存の自由な選択以外のものではありえない〟」という一行を、一九三三年四月の「読書ノート」として記しているのをみつけた。そこで期せずしてカミュが私と同じような教えをうけたことに気づき、カミュにたいする親近感を新たにした。

なお、会話のあいだにふとグルニエ先生が、カミュに政治的、思想的に少なからぬ影響をあたえ、『反抗的人間』でも「刊行後一五年してもなお今日的な書」として言及されている『正統性の精神』は、日本に紹介するに値しないだろうかと洩らされた。三年間のフランス留学を終え、私がはじめて翻訳したのはこの本だった。

（『裏と表』「諾と否の間」）

†

唯一の楽園とは、ひとが失った楽園のことだ。

カミュが初めて書いた作品は、エッセーとも短編小説ともつかない『裏と表』（一九三七年）であり、その冒頭にあるのがこの文句である。これは若きカミュがよく読んでいたプルーストの「真の楽園とは、ひとが失った楽園のことだ」という有名な文句の転用のように見える。だが、「唯一の」と「真の」とにはかなり違いがある。ジル・ドゥルーズによれば、プルーストにとっては通常は隠されている物事の不朽の本質を時間のそとに見いだすこと、いわばプラトンのイデア的な楽園の探求が問題だった。

しかしカミュにとっての楽園は永遠の本質ではなく、失ったあとの喪失としてのみ感じられる楽園である。なぜなら、私たちは人生の幸福な瞬間をそれが過ぎ去ってしまったときになって初めて意識するものだからである。つまりカミュは楽園を不朽の本質ではなく、事後的に短く経験されるものだと考えていたのだ。だからこそ人生の通常の時間のなかで失われる楽園を、作品の時間のなかにふたたび見いだしたいと願ったのである。

カミュにとって、楽園つまり幸福な瞬間とは、「純粋な感情、永遠のなかで停止した瞬間の無垢の思い出」であり、「ぼくのなかでそれだけが唯一の真実だが、そう知るのはいつもあまりにも遅くなってから」である。しかし、この瞬間にひとは、「死なぬものの無関心と平静の息吹」を感じ、その無関心から「一種ひそかな歌が生まれる」。この「諾と否のあいだ」の瞬間においては、「希望も絶望も根拠がなくなり、人生がそっくりひとつのイメージに要約される」という。だからとりあえず、「失われた楽園の透明さと単純さだけを拾い集めよう」と思い定めた。

じっさい、カミュの初期作品にはこのような「永遠のなかで停止した瞬間」に得られる、「すべてにたいする、そしてじぶん自身にたいする平静で原初的な無関心」のことが何度も描かれる。先に引いたティパサやジェミラでの世界=自然との交感の抒情的な表現はそのヴァリエーションだが、もっとも典型的なのはのちに見る、『異邦人』の主人公ムルソーが最後にみずからの死をうけいれる場面だろう。

ただもちろん、このような「特権的瞬間」を語っているのはカミュが最初というわけではなく、ルソーの『孤独な散歩者の夢想』、プルーストの『失われた時を求めて』などに見られるほか、なによりも彼の師ジャン・グルニエが『孤島』で、「至上の幸福感は、ある種の人びとにとって悲劇的なものの頂点なのだ。激情のざわめきが最高潮に達するとき、まさにその瞬間に魂のなかに大きな沈黙がつくられる……そのような沈黙のあと、ただちに、人生はふたたびもどるだろう。だが、さしあたって人生はひととき停止して、人生を無限に超える何ものかにつながるのである」(『孤島』井上究一郎訳)と書いているものだった。

グルニエとの出会いがなかったら、おそらくカミュという作家は誕生しなかったことだろう。

3　アルジェリア時代の社会活動

私は充分に理性を信じていないから、進歩にもどんな歴史哲学にも同調しない。

（『夏』「アマンディエ」）

†

カミュは一九三五年夏から三七年夏まで共産党員だった。彼が「才能を身につけて、大きな政治的役割を演じるように生まれてきた」と思ったジャン・グルニエに勧められてのことだった。彼のほうは、共産主義には「宗教感覚」が欠如していると感じて入党をためらっていたのだが、「私の出生、子供時代の仲間たち、私の感受性をつくりあげているすべてのものに私を連れもどす、さまざまな思想に誠実にこたえる」ために、いわゆる史的唯物論、つまり「生活と人間とのあいだに一冊の『資本論』を置く」ことを拒否しつつも、「いちだんと精神的な諸活動への地盤を準備する一種の苦行」としてのみうけいれたという（グルニエ『アルベール・カミュ回想』）。だから彼は、マルクス主義的な「進歩」や「歴史哲学」を信じることなく、「誠実な生活」の一部として政治活動をはじめたのだった。

とはいえ、病身にもかかわらず彼の活動は活発であり、生まれ育ったアルジェの貧民街ベルクール地区の労働者、とくにアラブ人労働者をオルグする任務のほか、共産党が支援する劇団〈労働座〉を主宰し、〈文化の家〉の事務局長として共産党のプロパガンダ活動に携わった。ところが、共産党は三八年、突如ヒトラー、ムッソリーニのファシズムとの闘いを重視して反帝国主義の路線を優先させて、アルジェリア共産党の当初の目的であった反植民地主義活動を二次的な運動に格下げしてしまった。グルニエも予想できなかったという、このような方針転換にカミュは反発し、あくまで同意しなかった。そこで査問委員会にかけられ、「トロツキスト」として除名された。つまり彼は、いっさいの異論を許容せず、最後は宿命的に異端者の排除の論理にいたる「正統性の精神」（グルニエ）の非情な帰結を、身をもって知ることになった。そして、やがて「みずからのうちに何かしらの偉大さをもっている者は政治をしないものだ」と『手帖I』に書くことになる。

†

もし植民地征服になにかしらの弁明が見いだされるとするなら、それは征服された人びとが人格をたもつのを助けるかぎりにおいてである。また、私たちがこの国になにかしらの義務があるとすれば、この世でもっとも誇り高く、人間的な民のひとつがじぶん自身とじぶんの運命に忠実であることができるようにすることである。

（『アルジェリア年代記』結論）

カミュは学業をつづけ、演劇活動、政治活動をおこないながらも、生活のために家庭教師、気象台の助手、ラジオ劇団の声優、海上運搬会社の臨時会計係りなどさまざまなアルバイトをしなければならなかった。一九三八年暮れからは、パスカル・ピアが主筆をつとめる左翼系の小新聞《アルジェ・レピュブリカン》の記者として雇われた。ただ、ずっと財政難だったこの新聞が翌年九月に廃刊になり、より小規模な《ル・ソワール・レピュブリカン》に衣更えすると、その主筆としてジャーナリズムに関わりつづけた。だが、この新聞もわずか三カ月あまりで出版禁止処置をうけて廃刊になり、カミュは失業者になるばかりか、アルジェリア当局から「好ましからざる人物」として県外追放処分をうけた最初のフランス人になった。

カミュが追放されたのは、むろん政治的な理由からだった。彼の記事、論説は書評など文学的なものもあったが、主として植民地化されたアルジェリア原住民の被る悲惨、不正を告発する反植民地主義的なもの、たとえば「毎朝ゴミ箱の残飯を犬と子供が奪い合う」といったカビリア地方の貧困のルポルタージュなどである。また大コロン（大入植者）の極右政治家たちが牛耳る不当、不正な政治を告発し、それと結託する堕落した司法、たとえばオダン事件、エル・オクビー事件、オリボー放火事件など大コロンたちがみずからの利益を守ろうとしてでっち上げた冤罪の裁判記事も積極的に書いた。カミュが書いた一五回の記事によって無罪を勝ち得たミシェル・オダンは生涯この恩を忘れなかった。これは一例にすぎないが、彼はけっして政治権力にも社会的圧力にも屈することなく、このような挑発的な左翼ジャーナリストとしての活動を敢然となし遂げることで、共産党時代よりずっと効果的に政治活動をおこなうことができた。そして以後、どんな政党にも属さず、自由な立場から言論によって政治に関与することになる。

だからカミュは共産党から除名されたからといって政治に関心をなくしたわけではない。ペンの力によって、ほとんど無権利状態のアラブ人の地位改善に取り組んだのである。また、演劇のほうもイデオロギー的制約があった〈労働座〉を三七年に解消し、より自由な演題を選べる〈仲間座〉をつくって再出発することになる。

4 『異邦人』

きょう、母さんが死んだ。ひょっとして、きのうかもしれないが、おれは知らない。こんな電報をうけとった。「ハハウエゴセイキョ　アイトウノイヲヒョウス　ソウギハアスノヨテイ」。これではなにも分からない。たぶん、きのうだったんだろう。

（『異邦人』）

†

これは『異邦人』（一九四二年）の有名な書き出しだが、冒頭の主人公ムルソーのこの異様に素っ気ない口調が作品全体の雰囲気、性格を雄弁に要約している。小説は独白とも日記ともつかない独特の語り口で書かれ、従来からさまざまな解釈がなされてきた。また、この物語はいつ、どこで語られているのかという点をめぐっても多く議論されてきた。しかし、ここでは単純に、読者を架空の聞き手とした主人公の独白をまとめ、整理したものとみなしておこう。

さらに作者がこの小説をいつ書きはじめ、いつ完成させたのかという点についても諸説あるが、おおよその事情はこのようなものだ。『手帖Ⅰ、Ⅱ』によれば、彼は最初の小説『幸福な死』を一九三七年夏から書きはじめ、翌三八年の春頃に一応完成し、グルニエに見てもらい、その意見に従って公刊を断念したのは同年六月、それからしばらくして、『異邦人』にあるレイモンの話、養老院の守衛や葬儀屋の話、獄中の主人公のモノローグなどの記述が書かれるようになる。そして、決定的な転機となる冒頭の書き出しは同年一二月の直前にひらめき、ここで『幸福な死』の三人称に代わる一人称の語り、伝統的な単純過去形に代わる複合過去形の小説話法の使用などの方針が固まったと見られる。

その後、《アルジェ・レピュブリカン》紙の記者として、三九年夏にオダン事件などの裁判傍聴記を書くうちに、『幸福な死』にはなく、『異邦人』に見られる裁判のシーンの着想が得られたものと思われる。そして四〇年になって、ジャーナリスト活動が禁止された一月から、かなりのスピードで執筆され、同年五月に「『異邦人』終了」と『手帖』に記されることになった。スケールは違うが、この間の事情はプルーストの『ジャン・サントゥイユ』と『失われた時を求めて』の関係に似ている。

さて、この小説が「異邦人」という題名に定まるまえにいくつかの候補があり、そのひとつに「無関心」というのがあった。たしかにムルソーは母親の死にさいして無感動であり、一般社会でふつうは重要と考えられていることに、「どちらでもいい」とか、「それはなんの意味もない」などと答える。養老院からの電報で列席することになった母親の葬儀のさいの振舞いは無感動、無関心というほかはないし、そのあと家にもどっても、「今では母さんが埋葬され、おれは仕事にもどるが、結局なにも変わらない」と言う。隣人のあやしげな男レイモンに仲間になりたいかときかれると、「どっちでもいい」と答えて承諾するし、勤め先の社長にパリに栄転しないかともちかけられると、やはり「どっちでもいい」と言って断る。恋人に結婚したいかと尋ねられると、「どっちでもいい」と言って同意するが、わたしを愛しているかどうか訊かれると、「そんなことは大して重要ではないが、たぶん愛していない」と平気で答える。

だから一介の勤め人の若いムルソーは海水浴や映画に出かけたり、恋人と肉体的な愛を交わしたりといった、ごくささやかな身体的快楽で満足し、他者や社会、みずからの未来に関してまったく無関心な人物のように見える。じぶんから外界に積極的に働きかけることのない徹底して受動的な態度が、まず彼の「異邦性」として読者に感じられるのだ。このような「草食系」の無関心な人物は、私たちのまわりでも珍しくないかもしれない。しかし、のちに見るように、ムルソーの「無関心」はそれを超えている。

焦げるような太陽の熱がおれの頬をおそい、眉のあいだに汗水がたまるのを感じた。それは母さんを埋葬した日と同じ太陽だった。そして、あのときと同じように、とくに額が痛く、すべての血管がいっせいに脈打っていた。……このとき、すべてが揺らめいた。海が濃密で焼けるような息吹を運んできた。空がめいっぱい開き、火の雨を降らせた。全身が緊張し、おれはピストルのうえの手を引きつらせた。引き金がたわんで、おれは銃床のすべすべした膨らみにさわった。そしてそこから、耳をつんざくような乾いた物音のなかですべてが始まった。おれは太陽と汗を振り払い、昼の均衡、じぶんが幸福だった砂浜の特別の沈黙を破ったことを理解した。そこでおれは、じっと動かないその体にさらに四発打ち込んだ。弾丸はそうとは見えずになかに沈み込んだ。そしてそれは、おれが不幸の扉を叩いた四つの短い音のようだった。

（同前）

†

これは『異邦人』第一部第六章でムルソーが圧倒的な太陽の光のもと、とくに動機も殺意もないまま、無意識的にアラブ人を殺して「昼の均衡」を破ってしまう場面である。ここで注目すべきは、主人公が殺人にいたるまでの心理がいっさい語られていないことである。またここだけ、ロラン・バルトが「白いエクリチュール」「中性の文体」と名づける、徹底して虚飾を排した文体が放棄され、まるで自然を擬人化し、ギリシャ悲劇のような仮借ない運命の力を前景に出すような象徴的な文体で書かれていることにも注意したい。その結果、大半の読者は、第二部で裁判長に犯行の動機を尋ねられたムルソーが、「太陽のせい」と答えるのも不思議ではなく、逆に「怪物的なモラル」のゆえに死罪になるという判決のほうに違和感をおぼえることになる。

ムルソーの「無垢の殺人」という、このような撞着語法(オクシモロン)的な描写の仕方に作者の稀に見る文学的技倆を認めるとか、その反対に作者の哲学的自己欺瞞を見いだすとか、従来から無数の解釈が出されているが定説はない。私にしてもこれといった整合的な解釈を述べる用意はないのだが、さしあたってひとつの指摘をしておく。

まず彼が、母親を埋葬したときの「同じ太陽」にふたたび出会っていることに注意しよう。マランゴの養老院があった場所で彼は、「空のごくそばにある丘まで達している糸杉の列、茶褐色と緑のこの大地、まばらで輪郭のくっきりとしたこれらの家々を通して、おれには母さんのことが理解できた。この地方では、夕暮れはきっと愁いにみちた休息のようになるに違いない。ただ、今はあふれんばかりの太陽のために風景がふるえ、非人間的で、意気消沈させるものになっていた」とあった。

ここでも太陽は死と結びついていて、人間に恵みばかりでなく、災厄、不幸をもたらす両義的なものとしてとらえられている。カミュはこれを地中海世界特有の「太陽に打ちのめされた風景からしか生まれえない虚無（ナダ）」と呼んでいる。

さらに第二部第五章にはこうある。

> おれはずいぶん久しぶりに母さんのことを考えた。彼女がなぜ生涯の最後になって「許婚」をもったのか、なぜ人生をやり直すふりをしたのか分かる気がした。向こう、向こうでも、命が消えていく養老院のまわりでも、夕暮れは愁いにみちた休息のようだったのだ。死を間近にした母さんは、そこでじぶんが解放されたように感じ、すべてを生き直す気になったに違いない。（同前）

だから、ムルソーはけっして「怪物的なモラル」の持ち主ではなく、母親に情愛をおぼえなかったわけではない。むしろ羞恥心から深い情愛を隠すためにあえて無関心を装っていたにすぎないことが暗示されている。カミュは『裏と表』で、貧困にも不意の怪我にも超然としている「母親の奇妙な無関心」に言及し、遺作となった『最初の人間』にも、「この本をけっして読むことができないであろう、あなたに」と母親への献辞を付している。『異邦人』の隠されたテーマが、彼が生涯問いつづけることになる母親、彼が同化したいと願うが実現しない母親の無関心と沈黙という謎であったことを記憶にとどめておきたい。

†

まるであの大きな怒りがおれの罪を洗い清め、希望を取り除いてくれたとでもいうように、徴と星でいっぱいのこの夜をまえにして、おれは初めて世界のやさしい無関心に心を開いた。世界をじぶんと同じような、兄弟のようなものだと知ると、おれはじぶんが幸福だったし、今も幸福だと感じた（同前）

ムルソーは隣人のレイモンとアラブ人とのトラブルに巻きこまれ、ほとんど事故のようにアラブ人を殺害してしまい、裁判で死刑判決をうける。たしかにこの殺人は動機がなく、ムルソーが言うように「太陽のせい」でなされたのだが、彼が裁かれるのはこの犯罪そのものというより、むしろ「人間の基本的な反応も知らないこの男は社会とはなんのかかわりもな」く、「怪物的なもの以外になにも読み取れない人物」だったからである。つまり、社会にたいする道徳的な無関心が主たる罪状になるのだ。しかしムルソーは読者には不当と感じられる（作者もあえて「無垢な殺人」と呼んでいる）この判決をうけいれ、獄中でなんとかみずからの死に無関心になろうと努め、「人生が生きるに値しないということはだれでも知っている。じっさい、おれが三〇歳で死のうが、七〇歳で死のうが、たいした問題ではない」とマルクス・アウレリウスのようにじぶんに言い聞かせる。

そのあと、来世の救済をえるために罪の改悛を迫る司祭に怒りを爆発させ、これまでの無関心な生き方を正当化する。そして初めて、「世界のやさしい無関心」に心を開いて、「幸福な死」を迎えることができる。いうまでもなく、ここでは先に見た「死なぬものの無関心と平静の息吹」、「すべてにたいする、そしてじぶん自身にたいする平静で原初的な無関心」、「母親の奇妙な無関心」など、「無関心」のモチーフをようやく有機的に統一し、昇華させているのであり、これによってカミュは主題にたいするアプローチと小説の構成に齟齬があった最初の小説『幸福な死』で失敗したことを、『異邦人』でなしとげていると言えるだろう。

5　不条理の哲学

†

真に重大な哲学的問題はただひとつしかない。自殺という問題だ。人生が生きるに値するか否かを判断すること、それが哲学の根本的な問いに答えることである。それ以外のこと、すなわち世界には三次元あるとか、精神には九つ、あるいは一二の範疇があるなどというのは、それ以後の話だ。そんなものは遊戯であり、まずこの根本問題に答えねばならない。

（『シーシュポスの神話』）

カミュの最初の哲学的エッセーは、このように単刀直入な断定ではじまる。ある人間が思想的な「ごまかし」をしないなら、真実だと信じていることがその人間の行動を律するはずだ。生きているということはなんらかの形でとにかく人生に意味を認めている証拠であり、みずから死を選ぶということは人生には意味がない、つまり人生は不条理であり、生きるに値しないとする判断である。そしてもし、人生が生きるに値しないと判断する場合、自殺することが不条理の解決になるのかどうかを知ることが哲学の出発点であり、根本的な第一の問いでなければならないという。

そこで彼は、ヤスパース、シェストフ、キルケゴールら、当時「実存の哲学者」と呼ばれていた思想家たちが、出発点であったこの不条理にどれだけ忠実であったかを、かなり表面的かつ性急に、もっぱらそこだけを検討する。たとえばヤスパースは、人間精神の究極的な挫折を確認したあと、「一般的なものと個別的なものとの、人間に理解不可能な統一」を想定することによって不条理を神格化したがゆえに、論理的な「飛躍」「哲学的な自殺」をした。また、シェストフは不条理を絶対化することによってこれに同意し、キルケゴールは不条理を宗教的希望の根拠にしてこれを逃れ、同じように「哲学的な自殺」をしたとして斥けられる等々。要するに、カミュはあくまで出発点である不条理に忠実でありながら、「ごまかし」でも「飛躍」「哲学的な自殺」でもない、不条理な人生というものが可能か、もし可能であるなら、それはどのような生なのかを独力で知ろうとする。そのためカミュの行論はいささかまわりくどくなるのだが、以下それを思いきって単純化することにする。

たとえ悪しき理由によってでも説明できる世界はまだしも馴染みのある世界だ。しかし逆に、幻想と光が突然奪われた世界では、ひとはじぶんを異邦人だと感じる。失われた祖国の思い出と約束された土地への希望が奪われるのだから、この追放には救いがない。人間とその生との分離、俳優とその舞台との分離、これがまさしく不条理の感情である。（同前）

†

「不条理」という言葉に哲学的な意味合いをあたえ、広めたのはカミュである。サルトルが「『シーシュポスの神話』は不条理の思想を語り、『異邦人』は不条理の感情を書いた」と解説したこともあって、戦後のフランス、さらにはわが国でも一種の流行語にさえなった。ただ、もともとこの語（absurde）は「不合理な、非常識な、ばかげた」という意味の日常語であり、なんら哲学的な意味合いをもってはいなかった。

では、カミュにおける「不条理」とは具体的に何を言おうとしたものなのか。彼は少しずつそれを明らかにしていく。「不条理」は思想というよりも、まずは感情、人間を含む周囲の世界への違和感、みずからの習慣と化した生への確信に不意に生じる崩壊感覚である。この不条理の感情が生じるのは、たとえば私たちが毎日、起床、電車、職場、仕事、電車、食事、睡眠といった同じような単調なリズムで過ごしているうちに、あるときふと、じぶんはなぜ、なんのためにこんな生活をしているのだろうと思い、改めて驚くときである。このとき、人間は舞台が突然消えてしまった俳優のように、それまでのじぶんが別人（異邦人）になり、まわりの世界が異国になったように感じて戸惑う。

哲学のはじまりにまず驚きがあるというのと同じく、不条理もまた不意の驚きとしてはじまり、それが眠っていた意識を覚醒させ、運動させる。そしてこの感情は、やがて人間の「絶対と統一を求める本能」や「永遠性と親密な関係性をもちたいという欲求」と、そのような本能も欲求ももたない世界との根本的な対立の意識にいきつく。

ただ、覚醒した意識は、やがてもとの無意識にもどることもあれば、ますます明晰に、悩ましいものなることもある。私たちはだいたい前者、つまりいつの間にか驚きを忘れ、何事もなかったようにふたたび日常性に回帰する。さらに不条理の感情はまた、死すべき運命という人間の条件、根本的な有限性の意識と結びつくとき、もっと深刻なかたちで生じるが、私たちはふつうそのことを忘れて生きている。あるいは忘れないと生きてゆけない。

だが、カミュのように思想的な「ごまかし」を拒否して、あくまで明晰たろうとすれば、この運動は、過去（思い出）も未来（希望）もなくなる「思考の砂漠」、つまり不条理の世界にひとを導き、ひとはそこでじぶん自身にも世界にも無縁になったじぶんに直面して、このじぶんとは何者か、じぶんを取り巻く世界とはなにか、さらにじぶんと世界とはどんな関係があるのかという問いを突きつけられることになるという。なるほどこれは、多少なりとも知性があれば、だれでも多少は経験することだが、私たちの大半にはカミュやその他の思想家のように、問いをとことん突き詰める「狂おしい」までの意欲、熱意がないだけの話である。

†

この世界はそれ自体としては合理的にできてはいない。これが世界について言えるすべてだ。しかし、不条理とはこの非合理的なものと、人間のもっとも深い奥底で鳴りひびき、明晰さを求める狂おしい欲求との対立のことである。不条理は人間と同じだけ世界に由来するのであり、両者を結びつけているものがさしあたってこの不条理だけなのだ。

（同前）

ここでは不条理は人間そのものでも、世界そのものでもなく、人間と世界との関係性のことだと言われている。またすこし先では、「不条理は人間的な呼びかけと世界の非合理的な沈黙との対立から生じる」と念を押されてもいる。そしてカミュは、このような不条理の認識が出発点であり、出発点においてこの認識を保ちつづける不断の明晰な意識が肝心だと言う。なぜなら、「不条理の本質をなすのは、それについてのみずからの意識以外のものではない」し、意識が明るみにだす不条理は対立を糧とするものであって、対立の一方の項を否定することは、「不条理から逃げだすことだ。意識的反抗を廃棄することは、問題を回避することだから」と言う。そして不条理の一方の項を否定する「自殺」に代わって、「反抗」という新たな概念をもちだす。何にたいする反抗か？　不条理な人間の条件、運命にたいする反抗である。カミュはこれを「形而上的反抗」と呼ぶ。

意識と反抗、このふたつの拒否は断念とは正反対のものだ。人間の心のなかにある頑固で情熱的なもののすべてがその拒否を活気づかせ、彼の人生に刃向かわせる。問題は和解せずに死ぬことであって、じぶんの意志で死ぬことではない。自殺とは認識不足のことだ。不条理な人間にできるのは、ただすべてを汲み尽くし、じぶんを汲み尽くすことだけなのだ。不条理とは彼のもっとも極限的な緊張、彼が保ちつづける緊張の努力のことなのだ。

（同前）

こうしてカミュは、不条理の解決は自殺ではなく、人間の条件にたいする覚醒した不断の「形而上的反抗」の緊張によってこそなされると言うのである。

これまでは、生きるためには人生に意味があるべきかどうかと知ることが問題だった。ところが今や、人生に生きる意味がなければ、それだけよく生きられるだろうというように思えてくる。ひとつの経験、ひとつの運命を生きるとは、それを十全に引きうけるということだ。ところが、不条理だと知りながらもこの運命を生きるのは、意識によって明るみに出されたその不条理を眼前に保つために全力を尽くす場合にかぎられる。（同前）

†

人生には意味がなく、不条理なものだが、だからといって生きるに値しないわけではなく、逆に意味がないからこそ生きるに値するとも考えられる。それが人間の「形而上的名誉」になるからだ。ただ、このような「不条理な生」は当然ながら希望（未来）のないものだから、目的も意味もないものになる。その結果、生の経験の質は経験の量に変わらざるをえず、「重要なのはもっともよく生きることではなく、もっとも多く生きること」、「じぶんの生を、反抗を、自由を感じとること、しかも可能なかぎり多量に感じとること」になる。またこの生は明日がないものとして経験されるのだから、「たえず意識がめざめた魂のまえにある現在時、そして現在時の継起」のうちにのみ生きられることになる。

この本のエピグラフに、ピンダロスの「ああ、わが魂よ、不死の生に憧れてはならぬ。可能なものの領域を汲み尽くせ」という一節を掲げているのはそのためだ。だから不条理の人間とは、「永遠のものを否定はしないが、そのために何もしない」人間だということになる。

†

〈なにもののためでもなく〉仕事をして創造する、粘土に彫りつつもみずからの創造には未来がないことを知っている、じぶんの作品が一日のうちに壊されるのを見ながらも、それが数世紀のあいだ長持ちするように構築するのと同じく重要ではないことを深く意識している。これこそ不条理の思想に許される厳しい知恵である。（同前）

カミュは不条理の人間の典型として、ドン・ファン、俳優、征服者をあげる。いずれも神を信じず、未来を軽蔑して現在にしか関心を寄せず、経験の質ではなく量しか考慮しない人間たちだが、これらは「戦うまえからすでに敗北だとわかっている戦場で、あえて戦おうとする人間の尊厳」を体現する者たちだという。そして、これらの英雄たちと精神的に近い第四の不条理の人間として芸術家をあげ、「最高度に不条理な悦びは芸術的創造である」とか、「創造するとは、二度生きることだ」とか、「創造するとは自己の運命にひとつの形態をあたえることだ」

といったように、あたかも創造に積極的な意味を認めているかのように書いている。

ところが、そうではない。カミュは芸術に不条理の人間のなにかしらの救い、もしくは出口を求めるのではなく、不条理の創造は「明日がない」もの、その営みがあってもなくてもかまわないもの、「本質的には無用なもの」だと意識していることが、不条理の芸術家の「厳しい知恵」なのだとあくまで言い張る。では、あからさまに無用性を掲げる不条理の作品とは、いったいどういう作品なのか。彼はその具体例としてメルヴィルの『白鯨』を註に引いているが、本文中で論ずるわけではなく、また他の作品を例示するわけでもない。

おそらくは彼は、同時進行的に書いていた自作の小説『異邦人』のことを考えていたに違いない。じっさい、この小説の主人公ムルソーは、「明日がない」かのように、ことあるたびに「どっちでもいい」、「そんなことには意味がない」、「それはたいして重要ではない」と言いつつ、平凡な日常生活の現在のみを生き、最後に「刑場へと向けて牢獄の扉が開かれるときの死刑囚が手にする、あの神のように自由な行動の可能性」を獲得する。このムルソーほど、「不条理な人間」はめったになく、『異邦人』ほどに不条理な創造もまたとない。サルトルが『シーシュポスの神話』の不条理の思想によって、『異邦人』を解説したのはまったく正当なことだった。

†

神々がシーシュポスに課した刑罰は、休みなく岩をころがして、ある山の頂まで運びあげるというものであったが、ひとたび山頂にまで達すると、岩はそれ自体の重さでいつもころがり落ちてしまう。無益で希望のない仕事ほど恐ろしい懲罰はないと神々が考えたのは理由のないことではなかった。
（同前）

カミュは無益で希望のない労働をたえず繰り返すギリシャ神話の人物シーシュポスを徒労の象徴ではなく、「不条理の英雄」だとみなすべきだという。なぜなら、シーシュポスは「神々にたいする軽蔑、死への憎悪、そして生への情熱によって全身全霊を尽くしても何もなし遂げられないという、言語に絶する責め苦を身に招いた」人物だからである。しかし、カミュがこの人物を「不条理の英雄」とみなすのは、必ずしもその刑罰のためではなく、刑罰の受容の仕方によってである。せっかく山頂まで持ち上げた岩が落ちていくと、シーシュポスは下方の平原をじっとみつめながら、しっかりとした足取りでもどっていく。この岩を背にしていない休止のあいだ、カミュはその時間を「意識のはりつめた時間」であり、このとき「彼はじぶんの運命より立ち勝っている。彼は、彼を苦しめているあの岩よりも強いのだ」と考える。なぜなら、シーシュポスは「運命を人間が扱うべき事柄に、人間たちのあいだで解決されるべき事柄に変えるのだ」から。「人間がじぶんの生へと振り向くこの微妙な瞬間に、シーシュポスはじぶんの岩のほうにもどりながら、あの相互のつながりのない一連の行動が彼自身の運命になるのを――彼によって創り出され、彼の記憶のまなざしのもとにひとつに結びつき、やがては彼の死によって封印されることになる運命へと変わるのを――凝視できる」。だから、私たちは「幸福なシーシュポスを思い浮かべねばならない」というのである。

この結論はしかし、カミュが愛読し、この本のなかでも何度か引用しているニーチェが、「ひとはやむをえざる必然的なものを、ただたんに耐え忍ばねばならないだけでなく、それを愛さねばならないのである。運命愛、これこそは、私のもっとも内奥の本性である」、あるいは「やむをえざる必然的なものを愛せ。運命愛、これこそが私の道徳になるだろう」(『生成の無垢』)と言っている、その「運命愛(amor fati)」のカミュ的なヴァージョンではないだろうか。そういえば、作者はきっと否定するだろうが、『異邦人の』のムルソーの最後にもやはり、この「運命愛」を感じる人はいたように思われる。すでに指摘しておいたが、ニーチェは青春時代さらにはそれ以後も、カミュの師ともいうべき哲学者であり、若いころに同人誌《シュド》に寄稿したエッセー「音楽について」では、『悲劇の誕生』のディオニュソス的なもの/アポロン的なものの図式がそっくり適用されている。また、その影響は『幸福な死』では、主人公メルソーに殺される人物にディオニュソスの別名ザグルー(ザクレウス)をあたえるところにまで及んでいたのだから。

なお、カミュ研究者、ジャン＝フランソワ・マテイによれば、カミュはこの「幸福なシーシュポスを思い浮かべねばならない」という文句を、九鬼周造が一九二八年にフランス語で出版した『時間論』から借用したという。九鬼はシーシュフポスの刼罰にかんする伝統的な解釈に異を唱え、「この事実に不幸があるだろうか、刑罰があるだろうか。私はそうは思わない。なぜなら、シーシュポスは果てしなく不満を繰り返すことができるのだから、幸福だったはずだ」と書いていたからだという。ただし、九鬼の本を若きカミュが読んでいたかどうか、確証はない。

6　ふたつの劇作品

†

突然、おれは、不可能なものが必要になったのだ。ものごとはすべて、このままでは満足のいくものではない気がする……この世界は、今あるがままのかたちでは我慢のならないものだ。だからおれは月を、あるいは幸福を、あるいは不死身の命を、錯乱かもしれないが、ともかくこの世界のものではない何かが欲しいのだ。

（『カリギュラ』）

アルジェリア時代のカミュは、「不条理」の三部作として、小説『異邦人』、哲学的エッセー『シーシュポスの神話』、そして戯曲『カリギュラ』『誤解』を書いた。カリギュラはスエトニウス『皇帝伝』で語られているローマの第三代皇帝で、その残虐な悪行で名高い人物だが、カミュはこの人物を人間の不条理な運命の象徴として描いている。

それまで善政で知られていたカリギュラは、妹であり恋人であったドリュジラの死をきっかけに、突然宮殿から姿を消し、長い間不在になる。そしてようやくもどってきて、親友のエリコンに向かい、その行方不明の理由を述べるのがこの台詞である。このあとカリギュラは、狂おしく「不可能なこと」「不死身の命」「この世界のものではないもの」を求めるようになったのは、ひとつの真実を発見したからだと言い、その真実とは「まったく単純明解でいささか馬鹿げたものだが、見つけるのは難しく、担うには重いやつさ。……人間はすべて死ぬ。だから幸福ではない」ということである。

じっさい、「人間はすべて死ぬ」というのはわざわざ口にするまでもない自明の事実である。劇中でエリコンが言うように、ふつう人間はその事実となんとか折り合いをつけ、そのことで昼飯がのどを通らなくなるわけではない。だが、そのようにすれば、人間の最大の真実から目をそむけ、「嘘」をうけいれることになる。本当は私たち人間が、「太陽と同じく死を長く見つめることができない」（ラ・ロシュフコー）だけのことではないのか。あるいは、「人間は、死、悲惨、無知をいやすことができなかったので、自己を幸福にするために、それらをあえて考えないように工夫した」（パスカル）にすぎないのではないか。カミュもまた、これら一七世紀のモラリストたちと同じように考えていた。だから、「人間の大いなる勇気とは、光と同様に死にたいしても眼を見開いていることだ」という言葉が、先に引いた「ジェミラの風」にあったのだ。これが「じぶん以外のすべてを疑う」年齢の、若きカミュが到達した境地だった。

なお、パスカルはニーチェと並んで、カミュにもっとも影響をあたえた思想家であり、その言葉は若い時期の著作に何度も引かれ、晩年にも「私はパスカルに動転させられるが、改宗できない者のひとりだ。古今、彼はもっとも偉大だ」と『手帖Ⅷ』に記している。このようないたって率直なパスカル観に共感するのは、きっと私だけではないだろう。

さて、人間の条件に不満な全能の皇帝カリギュラは神に挑戦し、「この世界のものではないもの」を得ようと、「神と同じように残酷」になって、「世界の秩序をくつがえす」ような、市民の財産の没収、理由のない殺人、神々の冒瀆など残虐非道のかぎりをつくす。だが、歴史上珍しいこの「知的な暴君」は、ついに「この世界のものではないもの」を手にすることができず、結局ほとんど自殺するように叛徒の刃にかかって破滅する。カミュはこれを、「過誤のうち、もっとも人間的でもっとも悲劇的なものの物語」であり、絶対を求めてやまない「知性の悲劇」だと解説しているが、この悲劇には青春時代にのみ許される、かなりロマン主義的なひとり芝居のような側面があることも否めない。

なお、一九四五年九月、パリのエベルト座で初演されたときには公演は大成功を博し、カリギュラを演じたのは売り出し中のジェラール・フィリップであり、彼はこの芝居で一躍大スターになった。このとき、カミュは三二歳、フィリップは二四歳の若さだった。

ああ、わたしはみんなが神様に頼っているこの世界を憎む。わたしが不公平に苦しんでいるというのに、だれもわたしの正しさを認めてくれなかった。だから、わたしは跪くなんてまっぴら。この地上で居場所を奪われ、じつの母に見捨てられ、犯した罪のまっただ中でたったひとりのこのわたしは、和解なんかせずにこの世におさらばしてみせるわ。

（『誤解』）

†

このように激しい怒りをぶちまけているのは、一九四四年に『カリギュラ』とともに公刊された戯曲『誤解』のヒロイン、マルタである。彼女は春らしい春もなく、光がよどむ中欧の田舎町で旅籠を営む母親の娘で、宿泊する金持ちそうな客を殺して金を奪い、それを資金になんとか太陽の輝く南の国に逃れたいと願っていた。ある日、その南の国からひとりの男性客がやってくる。ヤンというその客は、二〇年前に家と家族を捨てて出奔したが、北アフリカで成功し、マリアという女性と結婚して落ちついたあと、久しぶりに故郷にもどり、母親と妹を喜ばせようと考えたのだった。ただ彼の致命的な過ちは、サプライズをいやがうえにも効果的にしようとして、妻を連れてきているのにひとりで旅籠にやってきて、本名を伏せたことだった。このちょっとした悪ふざけのために、なにも気づかない、じつの母親と妹に毒殺される。翌日、老僕がヤンのパスポートを見つけて真相が判明、母親は絶望のあまり自殺し、妹もまた、今まさに自殺しようとしている。

ところで『異邦人』第二部で、ムルソーが監獄のベッドの下で見つけた古い新聞紙を何度も読んで暇をつぶす場面がある。

ある男が財産を築こうとチェコの村を出た。二五年して男は豊かになり、妻と子供を連れてもどってきた。男の母親は彼の妹といっしょに故郷の村でホテルを経営していた。そのふたりをびっくりさせてやろうと、男は妻子を別の場所に残して母親の家に行った。なかにはいったとき、母親はじぶんの息子だとは気づかなかった。男は冗談半分に、一部屋借りようと思いついた。彼は有り金を見せた。夜のあいだに、母親と妹は彼をハンマーで殴り殺し、金を盗み、死体を川に投げ込んだ。朝になり、彼の妻はそれと知らずに旅行客の身元を明かした。母親は首を吊り、妹は井戸に身を投げた。おれは数え切れない回数この話を読んだはずだ。これは一方ではありそうもない反面、他方では当たりまえの話だった。いずれにしろ、この旅行客はいくらか自業自得だし、けっしてひとをもてあそんではならないと思った。

（『異邦人』）

じつはこのエピソードはフィクションではなく、一九三五年一月六日にAP共同の発信に基づいて、アルジェの新聞《レコー・ダルジェ》と《ラ・デペッシュ・アルジェリエンヌ》が三面記事で報じたものなのである。ただ、この三面記事には、事件がユーゴスラヴィアのベオグラードで起こったものだと述べられている。また、殺害、自殺の方法も別のものだった。だが、カミュが戯曲『誤解』でおこなったもっとも大きな変更はマルタという人物の造形である。カリギュラの精神的な妹ともいうべき、意志が強く、みずからの欲することを敢然と貫き通すマルタのような女性が登場するのは、カミュ作品では初めてなのである。

彼女は長年にわたる凶行に疲れ、ためらう母親を叱咤して新たな犯行を重ねるのだし、夫の死を知ったマリアに、「永遠にお別れするまえに、まだわたしにやるべきことが残されていると分かったわ。それはあなたを絶望させることよ……なんだって簡単なことよ、さようなら、あなたは小石みたいに愚かな幸福か、わたしたちがあなたを待っているねばねばした河床か、そのどちらかを選ぶだけでいいのよ」と、カリギュラのように冷酷に言い放って死に赴く。

そしてひとり残されたマリア（この名前がいかにも辛辣だ）は絶望し、「ああ、神さま！　わたしはこんな孤独のなかで生きてはいけません」と言って跪き、「わたくしに耳をお貸しください、手を差しのべてください！　主よ、愛し合っているのに別れ別れになった者たちを憐れんでください！」と神にすがる。すると、それまでときどき無言で舞台に登場していた老僕が姿を見せる。マリアが助けを求めると、老僕は初めて口を開いてたった一言、「いやだ」と答える。

 やや見え見えだが、この老僕は神の暗喩であり、ここでもまた『異邦人』『シーシュポスの神話』『カリギュラ』と同じく、人間に無関心で、つれない神、もしくは神々にたいする形而上的な抗議、反抗、怨恨が表現されていることが分かる。

なお、『誤解』が四四年六月にパリのマテュラン座で初演されたとき、ヒロインのマルタを演じたのは映画『天井桟敷の人びと』でデビューしたばかりのマリア・カザレスだった。これを機に彼女は彼の「生涯の愛人」になり、彼は彼女の「父、兄、友人、恋人、ときどき息子」になった。カミュが一貫してフランコ独裁体制に反対しつづけるスペイン贔屓だったのは、政治的理由とは別に、彼自身がスペイン人の母親をもっていただけではなく、カザレスの父親がスペイン第二共和制の首相だったが、三六年の軍事クーデターで辞任、フランスに亡命を強いられた人物だったことと無関係ではなかったはずだ。

以上、三〇歳前後のカミュ初期の不条理の四作を検討してきたが、この登場人物、ムルソー、シーシュポス、カリギュラ、マルタの四人に共通して見られるのは、もっぱら即自的な自己関係のみであり、いずれも自己中心的で、対他関係は考慮の外に置かれることに気づいたひともいるだろう。つまりこれまでの彼の作品、思考に他者は不在だったのである。これはもちろん青春時代にのみ許される特権だろう。ただ彼は一九四五年暮れのあるインタビューでこう述べている。

私はひとつの体系を信じるには充分に理性を信じていない。私に関心があるのは、いかに行動しなければならないかを、より正確には、神も理性も信じていないとき、ひとはどのように行動できるのかを知ることだ。

これに類する問いは、人生を少しでもまともに考えようとすれば、だれしも一度はじぶんに発するはずの問いであり、このような若く直截な自己意識に親近感をおぼえるひとも少なくないだろう。カミュが今でもフランスの若い世代の支持をえている理由のひとつはそこにある。彼には思想的な敷居を高くしようとする知的な衒い(てら)などはまったくないのだ。だが、人間はずっとひとりで生きているわけではないから、いずれは彼もまた他者との関係を正面から考えざるをえなくなる。

第二章　反抗と暴力

1　政治とモラル

†

私たちに人を殺す権利があるかどうか、この世の残虐な悲惨に新たな悲惨をつけくわえることが許されているのかどうか、それを知るためにこれまでの時間が必要だった。この時間を失い、そして見いだしたこと、敗北をうけいれ、そして乗り越ええたこと、逡巡を血で贖ったこと、それが、私たちフランス人に今日こう考える権利をあたえる。私たちは無垢な手のまま——犠牲者、被征服者の無垢の手のまま——この戦争にはいったのであり、やがて無垢な手のまま——今度は不正と私たち自身に抗して得られた勝利の無垢とともに——そこから出るだろうと。

（『ドイツ人の友への手紙』）

カミュのレジスタンス文学というべき『ドイツ人の友への手紙』は、一九四三年から四四年にかけて架空のドイツ人宛に書くというかたちの四通の手紙からなっている。このうち二通はレジスタンスの地下雑誌に掲載され、二通は未刊だった。フランスは三九年にナチス・ドイツに宣戦布告したもののたちまち敗れ、四〇年七月以降はペタン元帥を首班とするヴィシー傀儡政権のもと、事実上ナチスドイツの占領下に置かれた。これにたいしてロンドンで臨時政府をつくったドゴール将軍を指導者とするレジスタンス活動が徐々に組織されていった。カミュは四〇年にアルジェリアを追放され、その後の二、三年、生活のために新聞社の臨時職員をしたり、病気の療養をしたり、みずからの創作活動をつづけたりしながら、パリおよびフランス国内とアルジェリアを行き来して過ごしていた。

　彼がレジスタンス運動に加わるのは四一年暮ごろ、オランでユダヤ人児童相手の私塾の臨時教師をしていたときからだったが、その後サン・テティエンヌ近くの村ル・パヌリエで結核の療養をしていたときに、迫害されたユダヤ人を匿（かくま）う活動を詩人のフランシス・ポンジュらとおこなっていた。本格的な活動は四三年秋にレジスタンスの秘密新聞《コンバ》に接触し、やがてアルジェ時代の上司パスカル・ピアの推挽でその編集長になったときからだった。デモやスト、サボタージュ、政府の私兵への攻撃などを呼びかける秘密文書を発行するという危険きわまりない仕事だったから、あやうくゲシュタポに逮捕されそうになったりもした。また仲間の銃殺や強制移送、また同胞の裏切りや密告などを何度も目にしなければならなかった。

そんな状況のなかで、彼は三九年までの平和主義の立場を放棄し、ナチスとドイツ人を区別しながらも、ナチスとヴィシー政権にたいする反抗の暴力を正当防衛として許容することとなった。対他関係をいきなり、殺すか殺されるかの敵対関係という極端なかたちで考えることになったのである。しかし、じっさいに参加してみると、さまざまな辛酸を嘗め、ときに手を汚さざるをえなくなり、いずれ彼も先輩作家ロマン・ロランの「理想主義者なら、けっして政治に参加すべきではない。必ず政治にだまされ、その犠牲者となるからだ」という言葉を嚙みしめることになる。

†

私は大地に忠実であるために正義を選んだ。私は世界には高次の意味などないと今なお信じつづけている。しかし、私は世界には意味のある何かが存在すること、そしてそれが人間であることを知っている。なぜなら、ただ人間だけが意味をもつことを要求するからだ。この世界には少なくとも人間という真実があり、私たちの任務は運命に逆らって世界に道理をあたえることなのだ。

（同前）

これはカミュの対独レジスタンス参加を正当化する論理だが、ここで彼は『シーシュポスの神話』で展開したのとほぼ同じような論理構成をとっている。つまり、この世界は不条理であり、人生にはこれといった超越的な意味などない。そしてこの不条理の認識に基づけば、まず、どうせこの人生には意味がないのだから何をしようとかまわないという考えが出てくる。つぎに、そうではなく、あらかじめ定められた絶対的な意味がないからこそ逆に、人生は生きるに値するという考えが出てくる。前者は人間の条件にたいする絶望に安易に屈し（哲学的な自殺）、動物の世界を律している力の冒険に身を任せる「不正」であり、大地を破壊する蛮行である。後者はそのような絶望に同意することなく、「この世界の恐ろしい悲惨にさらに新たな悲惨を加えることを拒否」し、不条理な世界に反抗する人間同士の連帯、つまり「正義」のために、絶望から生じる蛮行と闘うことである。

ここで、「大地に忠実であるために正義を選んだ」という一句に注目しておきたい。「大地に忠実であれ」というのは、ニーチェがツァラトゥストラに口にさせた文句である。この時期のカミュには、ニヒリズムという言葉はあまり出てこないが、ニーチェ的に言えば、ナチズムは「精神の力の衰退と後退」としての受動的ニヒリズム、これにたいするレジスタンス運動は「精神の力の向上」としての能動的ニヒリズムということになるだろう。また、ここには『シーシュポスの神話』にはなかった「正義」という概念、「意味のある何か」、つまり価値を求める人間という考えが新しく登場していることにも注意しておきたい。

†

レジスタンスの年月は無駄ではなかった。ただ辱められた名誉の反応によってそこにはいったフランス人たちは、以後知性、勇気、人間の魂の真実を最優先させる高次の知恵をもってそこから出た。そして一見、じつに普遍的なこれらの要請が、倫理的および政治的な次元における日常的な義務をつくりだす。要するに、一九四〇年にはただひとつの信念しかもたなかったフランス人は、一九四四年には言葉の高貴な意味での政治観をもつにいたっている。レジスタンスによってはじめたフランス人は革命によってそれを完成させることを望んでいるのだ。

（《コンバ》紙一九四四年八月二一日）

これはカミュが一九四四年八月二一日のパリ解放直前、《コンバ》紙の発刊号に「レジスタンスから革命へ」と題して発表した論説である。これまで地下出版だったこの新聞は、この日から公然と発行されることになった。そして三一歳のカミュはこのレジスタンス派の有力紙の編集長になり、たちまち言論界のオピニオンリーダーのひとりになった。以後の彼は、ジャーナリストを「その日その日の歴史家」「自由の証人」と位置づけ、定期、不定期に《コンバ》ほか、いくつもの新聞、雑誌に寄稿することになる。カミュが残したテクストの少なくとも三分の一以上は、このジャーナリスティックな記事なのである。

ただ「革命」と彼が言っているのは、過去五年間のナチス的全体主義への隷従からの全面的な解放を確かなものにし、「より多くの自由と正義を支配させるのにふさわしい政治および経済体制の変革」という、かなり漠然としたものだった。たしかにカミュは、この「革命」はこれまでのような金銭の支配を脱し、「フランスの明日は労働者階級の明日になる」ものでなければならないと、社会主義的な立場を鮮明にしている。とはいえ、「政治の革命はモラルの革命なしには遂行しえない」といったような、あくまで理念的、精神的なものにとどまっているのは、この論説が発表されたパリ解放直後の時期の高揚と熱気を考えればやむをえないことだったろう。また、カミュらのレジスタンス派にとってさしあたっての緊急の課題は、国家と社会の再建の問題と同時に、再出発のためにとりあえず恥ずべき過去との訣別、すなわち対ナチス協力者たちの粛清という問題だった。

†

フランスは自己のうちに、あたかも体のなかの異物のように、昨日まで国の不正をつくりだし、これからもそれをつづけるかもしれない少数の人間をかかえている。これらは裏切りと不正の者たちだ。この国の生きた一部分を成していて、抹殺することこそが必要な彼らの存在そのものが正義にたいして問題を投げかけるのである。……私たちはけっして盲目的で痙攣的な弾圧を求めたことはない。独裁や犯罪的な愚行を憎むが、ただフランスが無垢の手を保ちつづけることを望みたいのだ。しかし、そのために、迅速で時間的に限定された正義、もっとも明白な犯罪の早急な処罰を願うのである。

（《コンバ》紙一九四四年一〇月二四日）

一般に革命、反体制運動が成功し、政権を掌握すると、必ず旧体制の責任を問いただし、責任者の排除、処罰をおこなうようになる。ナチスおよび対独協力のヴィシー政府はユダヤ人を大量に強制収容所のガス室に送りこみ、多数のレジスタンス活動家やその協力者たちを弾圧し、殺害していたのだから、彼らが権力を失ったとき、永いあいだ沈黙と忍従を強いられていた犠牲者やその家族、友人たちが、積年の怨念を晴らそうとしたとしても、それはそれで自然な成り行きだった。これが対独協力派の粛清と呼ばれるもので、解放時に捕らえられた一〇〇万人のうち一〇万人ほどが実質的な裁判もないまま処刑されたという。また、アラン・レネ監督の映画「ヒロシマ、わが愛」に見られたように、占領中ナチスと通じたフランス女性は容赦なく公衆の面前で頭を丸刈りにされた。

カミュは最初、限定的な粛清を、今後の「正義」実現のために不可避の必要悪だと考えていた。そしてこの問題をめぐって、キリスト教的な慈悲を説くフランソワ・モーリヤックと何度も激しい論争をおこない、「だれが今、ここであえて慈悲について語れようか。精神が、剣は剣によってしか打ち負かすことはできないとついに理解し、みずから武器をとって、やっと勝利に到達したのだから、いったいだれがその精神に忘却を求めることができようか。明日、語るのは憎しみではない。記憶に基づいた正義そのものである」と言い放つこともためらわなかった。

だが、いくら動機に正当性があっても法的根拠はなく、この粛清にはたんなる個人的、恣意的な報復、リンチも含まれていたため、放置すれば果てしない無秩序状態になりかねない事態にまで過熱した。これを憂慮した臨時政府が特別法廷を設けてこれを統制しようとしたものの、どのみち勝者が敗者を裁くことにかわりがないのだから、このパージがカミュが望む「正義」ではなく、恣意的、盲目的な蛮行、すなわち「不正」に変じていくのは避けられなかった。

そこでカミュも徐々に、固く信じていたみずからの「正義」を疑わざるをえなくなり、やがて「粛清はただ失敗しただけではなく、評判を落とした。粛清という言葉自体が耐えがたいものとなっている。この出来事は忌まわしいものになったのだ」(《コンバ》四五年八月三〇日)と認めざるをえなくなった。さらにその三年後、「あの当時の熱気、殺された二、三の友人の思い出が、私にあのような証言をさせたのだった。しかし、フランソワ・モーリヤック氏の言葉のいくらかの行き過ぎにもかかわらず、私は彼が言ったことについて反省するのをけっしてやめなかったと証言できる。そして、この反省のうえに立って、これまではじぶんのうちで、そしてここで初めて公的にこう認める。論争で争われた点に関し、根本的にはフランソワ・モーリヤック氏が正しく、私のほうが誤っていたと」（『アクチュエルⅠ』）と、あるキリスト教徒たちの集まりで率直に認めることになった。

この「革命」の出だしからの躓き、悲痛な体験とその誠実な認識がやがて彼の思想、行動に大きな転回を促し、彼の政治論のみならず、『ペスト』のタルーや『転落』のクラマンスなど、小説の人物像にまで影を落とすことになる。

†

ぼくはじぶんの青春をみずからの無垢という観念とともに、つまりまったく観念などもたずに生きてきた。ところが今日では……。正義に仕えると信じながら、不正を増してしまったという悲嘆、少なくともそれを認めること。そして、それ以上に大きな悲嘆を発見すること、つまり正義は存在しないと認めること。

（『手帖Ⅴ』）

レジスタンスにはいるまえのカミュは、無垢な手のまま――犠牲者、被征服者の無垢とともに――レジスタンスに参加し、やがて無垢な手のまま勝利して、「正義」の支配を実現することができると思っていた。ところが、レジスタンスの「正義」を「革命」、しかも相当に精神的、観念的な革命によって実現するために対独協力派の粛清を要求することによって、結果的に間接的な殺人に荷担して「無垢」を失い、「不正」を犯したという辛い認識と悔恨をいだくようになったことがここで語られている。そしてこれ以後の彼は、あたかもその罪を贖(あがな)うかのように、直接的であれ間接的であれ、殺人は正義を毀損する、つまり「目的は手段を正当化しない」ということだけはけっして譲れぬ倫理的要請として堅持することになる。

　のみならず、このような認識、悔恨は彼をさらに深刻な懐疑、すなわち「正義は存在しないのではないか」という懐疑に導いた。じっさい、この世界には普遍妥当的な絶対的な「正義」というものは存在しないのであって、ただ各個人、各集団が個々に信じる複数の相対的な「正義」があるだけなのだ。そして各自がそれぞれの正義を主張しあうことから、人間の対立、抗争、闘争、戦争が生まれて、収拾がつかなくなる。だからパスカルは、「人間は正義を力とすることができなかったので、力を正義とするようになった」と言ったのである。ある研究者が、カミュのことを「神なきパスカル」と形容したくらいパスカルの影響をうけていたカミュ自身も、やがて「正義は存在しない。ただ、限界があるだけだ」(『手帖V』)と明言するようになる。また、同じところで、「ぼくは政治向きにはできていない。敵の死を望むことができないから」とも付け加えている。

2　犠牲者も否、死刑執行人も否

機械文明はその野蛮さの最後の段階に達したところだ。多少なりとも近い将来、集団的な自殺か、科学の成果の聡明な使用かのどちらかを選ばねばならなくなるだろう。

（『アクチュエル』Ｉ）

†

一九四五年八月六日の広島への原爆投下は、第二次世界大戦に終止符を打つものとして、フランスをふくむ連合国内ではおおむね歓迎され、喝采された。一発で何十万もの人間を瞬時に殺傷できるこの新兵器の登場に、機械文明の最高の野蛮さをみて、フランスで最初にその脅威を警告したのはカミュだった。じっさい、八月八日の《コンバ》紙に掲載されたこの論説は、原爆投下のわずか二日後にアメリカ、ヨーロッパでの熱狂に抗して書かれたものだけに、この対応の早さは特筆に値する。サルトルもまた「大戦の終わり」で、いずれ地球を破壊してしまうようになるかもしれないこの前代未聞の最終兵器をまえにして、それぞれの人間が人類の生存と滅亡にたいして責任を負うことになったと述べているが、それは同年の一〇月のことである。

カミュは、「人類に開けたこの恐るべき展望をまえに、平和こそが遂行されるに値する唯一の闘いだと改めて気づかされる。これはもはやたんなる願いではなく、人民から政府のほうに昇っていかねばならない命令、地獄か理性かを最終的に選べという命令である」と書き、さらに四八年の「犠牲者も否、死刑執行人も否」と題する一連の論説を「今世紀は恐怖の時代であり……それには科学が大きな役割を果たしている。なぜなら、最近の理論的な進歩によって科学がみずからを否定し、その実用的な改良によって地球全体が破壊の脅威にさらされているからだ」という文章ではじめている。

その後も彼は核兵器の問題にふれ、五五年の『手帖Ⅶ』に「人間はついに神に肩を並べるようになった、しかしそれは残虐さにおいてだ。したがってわれわれは古い時代の反抗をもう一度しなければならないが、それは人類にたいする反抗になる」と記すほか、五六年の《コンバ》の論説のなかで、相互の核兵器によってどの陣営も免れないアポカリプス（黙示）という「有益な恐怖」が「知恵のはじまり」になり、「イデオロギーの終焉」をもたらすかもしれないと願っていた。さらに五七年のノーベル賞受諾演説でも、「核兵器による破壊に脅かされている世界の不幸」について語っている。だがその後、核兵器が地球を何度も破壊できるほどに規模も威力も増大するばかりであり、いわゆる核の抑止力は知恵よりもむしろ不安の永続化をもたらしてこんにちにいたっている。というのも、抑止力は相手の理性を前提としている。ところが核のボタンをもっている人間が知性はもとより充分に理性をそなえていないとか、また狂信的なテロ集団に核兵器がわたった場合、抑止力が働かない可能性が高いからだ。

なお、カミュは、「科学の成果の聡明な使用」ということも言っているが、もしかするといわゆる原子力の「平和利用」のことを考えていたのかもしれない。だが、この「平和利用」もまた地球環境を不可逆的に汚染することになるだろうとは、慧眼な彼もさすがに想像できなかったに違いない。ただ彼はスウェーデン講演で、新しい世代は世界を新しく造り直すことを目指すのは当然だが、二度の世界大戦を経験したじぶんたちの世代は、せめて「世界が解体しないように力を尽くす」ことしかできないと言っていた。だから、もし彼が七〇年代以後にも生きていたとしたら、間違いなくエコロジー活動を熱心に支持し、反核、反原発運動に積極的に加わっていたことだろう。

†

理性的には、私たちはすべてを救うという希望をもつことはできないが、未来が可能でありつづけるために、少なくとも身体を救うことを提案できるというのが私の信念だ。……要するに、問題は慎ましい、つまりあらゆるメシア思想から解き放たれ、地上の楽園へのノスタルジーを取り払われた、ひとつの政治思想の条件を定義することなのだ。（『アクチュエルI』）

これは共産主義と資本主義が対峙する東西の冷戦初期の一九四八年に、「犠牲者も否、死刑執行人も否」と題して《コンバ》に発表された一連の有名な論説の一節である。ナチス・ドイツの全体主義からフランスを解放することに貢献したのは、ド・ゴール派とともにフランス共産党だった。そこで、第二次世界大戦後のフランスでは、東欧諸国と同じく共産党が台頭して勢力を拡大し、マルクス主義が知的、思想的な前衛になった。サルトルやメルロー＝ポンティらカミュの周りの多くの知識人たちは、「マルクス主義は乗り越え不可能な地平」とみなし、つぎつぎと共産党に接近していった。画家のピカソ、服飾デザイナーのカルダン、歌手、俳優のモンタンら大勢の芸術家たちも続々と入党した。ドゴールの臨時政府の方針、選択、政策をめぐる国内のさまざまな政治的対立に、国際的なイデオロギー的対立が加わり、カミュが直面する政治状況はいよいよ複雑になり、のっぴきならぬものになっていった。

すでに述べたように、カミュはアルジェリア時代の一時期、共産党の活動を真摯におこなったものの、やがてコミンテルンの方針転換の結果、「トロツキスト」として除名されるという苦い経験をしていた。ただ、彼が入党したのは、「いちだんと精神的な諸活動への地盤を準備する一種の苦行」としての共産主義の実践としてであって、必ずしも思想的な選択としてではなかった。彼は共産主義には宗教的感覚が欠如し、あまりにも「非宗教的、義務的」だと見なしていたので、唯物論者ではまったくなかったのである（グルニエ『アルベール・カミュ回想』）。

むろん彼は、戦前からジッドの『ソヴィエトから帰って』とか、ヴィクトール・セルジュの『牢獄のなかの人間たち』などによって、共産主義体制下の自由の不在、スターリン裁判、強制収容所など、ソ連の実態をある程度まで知っていた。これに加えて、戦後のイデオロギー対立が先鋭な社会状況のなかで、対独協力派粛清という痛恨の経験をしてからというもの、「労働者の解放」、「階級なき社会」といった絶対的な正義を盾に、「目的のためには手段を選ばない」と見える共産党、それに隷従する多くの左翼知識人の言動にだんだんと批判的にならざるをえなくなった。

そこできわめて単純な基本に立ち返って、まず現在のような「恐怖の時代」にあっては、「殺人が正当化され、人間の生命が取るに足らぬと見なされる世界」を拒否するかどうかが根本問題であり、政治的な行動をするにあたって、じぶんは直接的であれ間接的であれ、殺すか殺されるか、暴行するか暴行されるのを望むかどうかということを、すべてに先だって自問すべきだと考えるようになった。だから、「犠牲者も否、死刑執行人も否」と願う者はとりあえず、メシア思想やユートピアといった高邁な精神的な救済をふりかざさず、もっと慎ましく、「少なくとも身体を救う」という原則を守るべきだと主張したのである。じっさいひとは、「天使になろうとして禽獣になる」（パスカル）のだから。

カミュがこのような素朴とも言える基本的な主張をあえておこなったのは、国内の政治的事情もさることながら、二〇世紀における未曾有の「歴史の加速化」を考慮すれば、東西のイデオロギー的な対立のエスカレーションがやがて人類の危機、地球の破壊を招きかねないという差し迫った危機意識があったからである。先にふれたように、「犠牲者も否、死刑執行人も否」と題する一連の論説は、「今世紀は恐怖の時代であり……それには科学が大きな役割を果たしている。なぜなら、最近の理論的な進歩によって科学がみずからを否定し、その実用的な改良によって地球全体が破壊の脅威にさらされているからだ」と書き出されていた。そしてここで彼は、「帝国の衝突はすでにして文明の衝突に比べて二次的なものになりつつある」とハンチントンよりもはるかに早く指摘しつつ、「このような〔政治的、科学的な〕実験がつづけられ、またつづけられることが避けられないのなら、何人かの人間が私たちを待ち受ける黙示録的な歴史がつづくかぎり、この謙虚な考察を保持することを任務とし、どんなときでも、すべてを解決するなどと主張せず、日々の生活に方向を定めるのは悪いことではない」と述べていた。

これは、「ただ、未来を可能にするように、まだ救えるものを救う」ためであり、「言葉が弾丸よりも強いかどうかを決する賭なのだ」と。「少なくとも身体を救う」というのは、この文脈で言われたことなのである。一九四八年の時点で、このような「核時代の想像力」をもちえたことは、やはり一驚に値すると言えるだろう。

カミュがこの論説を発表した当時、彼の知行合一の思想を「赤十字の思想」「ボーイスカウトの精神」などと揶揄し、嘲笑する悪評が大半を占めたものだった。人類が身も心も解放される「明るい明日」を目指すという当時の思想的前衛から見て、「少なくとも身体を救う」といった主張は、いかにも生ぬるく消極的な、「歴史の脱落者」の思想と映り、冷笑、批判された。それでも彼は孤軍奮闘といった感じで、あくまでこのユマニスト的原則を護りつづけた。だが、必ずしも思想家に「明るい未来」を約束せず、知的な報いの少ない、この慎ましやかな政治思想はその二〇年後、いわゆる「革命神話」が色あせてきたとき、「人類を解放する」とか、「世界を根底から変える」と称する独善的なイデオロギーを断念し、とりあえずあらゆる政争、戦争、災害の犠牲者の「身体を救う」という非イデオロギー的、非政治的なNGO「国境なき医師団」を創立したベルナール・クシュネールらを支えた理念となり、このフレンチ・ドクターたちの活動は今や地球規模になっている。

何が正義であるかは、各人、各集団によって異なるのが当然なのに、それぞれがおのれの正義を絶対視することから抗争、戦争が起こる。じっさい、「流行が趣味をつくるように、流行がまた正義をつくる」(パスカル)のは事実であり、かつて私有財産を否定するのが正義だったのに、あっという間にそれが保守反動になってしまうこともあった。だからむやみに不確かな正義、善を振りかざすのではなく、不正を減らし、悪を和らげるという「消極的なユマニスム」(グリュックスマン)を語ったカミュは、この意味で先駆的な政治思想家だったといえる。なぜなら、ひとは何が善であるかについては意見を異にするが、殺人、貧困、飢餓、病気などが悪であることは、だれしも明白に認めうるからである。

†

私は自由をマルクスの本のなかで学んだのではない。貧困のなかで学んだのだ。しかし、あなたがたの大半はこの言葉の意味するところを知らない。あなたがた共産主義知識人の大半は、プロレタリアの状況を知らないのだから、私たちのことを、現実を知らない夢想家扱いするのはおこがましいかぎりだ。

(『アクチュエルI』)

カミュの「消極的なユマニスム」は歴史からの逃避としてだけではなく、とくに共産主義者のほうからブルジョワ階級の擁護、プロレタリアートにたいする裏切りとして批判、断罪された。右は「赤の侯爵」という異名のあった共産党系の評論家エマニュエル・ダスティエ・ド・ラ・ヴィジュリの批判への反論であり、カミュは当時一部の者たちにしか知られていないソヴィエトの不自由で画一的な生活、スターリン裁判、強制収容所などの実態を知らないふりをする論敵の欺瞞を難じた。

この時期からはじまり四〇年もつづいた東西対立のあいだ、政治思想においては「冷戦の内面化」とでも呼ぶべき文化があり、社会主義を批判する者は資本主義の味方であり、資本主義に異を唱える者はアカだといったマニ教的な善悪二元論が横行していた。そのため、スターリンを批判すれば、ソ連を「祖国」としている労働者を絶望させるから、「収容所」的実態には口をつぐむというのが左翼の一般的な作法であった。「ビヤンクール〔パリの労働者街〕」を絶望させない」というサルトルの有名な文句はその一例である。ちなみに、わが国では核実験は断罪されるべきだが、「平和主義陣営」の実験なら許されるといった考え方を披瀝した原水爆反対論者たちもいた。

ところが、貧困のなかで育ったカミュは、そのような左翼知識人たちの大半とは異なって、労働者階級にたいする負い目、後ろめたさ、コンプレックスをもたず、イデオロギー的なレッテル貼りを無視して、ためらわず、真実だと信じることを明言する知的勇気をもっていた。そこで四〇年代後半からすでに左翼でありながら共産党に対立するというスタンスを苦もなくとることができたのである。

ある思想の真実を、それが右翼のものか、左翼のものかに従って決してはならない。まして、右翼と左翼が真実だと決めるものに従って決するのは論外である。もし、結局のところ、真実が右翼の側にあると思われるなら、私は右翼の側につくだろう。
（《レ・タン・モデルヌ》誌への手紙、一九五二年六月三〇日）

このカミュの言葉は、今なら当然のこととだれしも考えるだろうが、冷戦時代はそうではなかった。対立する陣営のどちらかを選ばねばならなかったのだ。そうでないと日和見主義者と見なされた。ようやく一九六八年のいわゆる「五月革命」の炸裂、七〇年代のマルクス主義の思想的破綻、九〇年代のソ連邦の崩壊、東欧革命といった歴史の変わり目に、冷戦を内面化しなかったカミュの予言の正しさがフランスで懐古的に口にされ、何度もカミュ・ルネサンスとも言うべき現象が見られた理由はそこにある。

同じことは、ヴィシー政府が協力したナチス・ドイツのファシズムからの四四年の解放後、フランスの再生に必要なのは今や「無関心と軽蔑」の対象でしかない第三共和制に復帰することではなく、国民を主権者とする、「教理問答のない」、公正で自由な「謙虚な民主主義」だとカミュは《コンバ》紙に書いていた、その民主主義についても言える。もとより、「民主主義は、社会的なものであれ、政治的なものであれ、すべてを知り、すべてを仕切る政治哲学に基づくことはありえない」以上、この「謙虚な民主主義」も「最悪ではない政体」にすぎないが、集団的な審議と採決、討論の重視、国家権力の制限(自由な報道と強力な労働組合の存在)、少数派の尊重、死刑の廃止などを原則とするものだと彼は述べる。いずれも特に目新しい原則ではないが、少なくとも私にはつぎの二点が注目に値すると思われる。

まず、四〇年から五〇年代におけるフランスでは民主主義は、特に左翼からはブルジョワ民主主義、形式的な偽善的制度として、必ずしも好ましい政体とは見なされていなかった。今でもフランスには「民主」「民主主義」という名称に積極的に依拠する政党はあまり見られない。これは天皇制軍国主義から解放されたわが国の戦後民主主義と大きく異なるところだ。だから、カミュは当時の政治思潮において明らかに異端だったのだ。

つぎに、現在ではリベラル保守にとっての偉大な先導者であるトクヴィルは、没後一〇〇年間フランスでは忘れられた存在だった。トクヴィル再評価はカミュの死後、六〇年代になってレイモン・アロンやフランソワ・フュレなどの政治学者、歴史家たちによってようやく端緒についたにすぎず、マルクスに代わる大思想家と見なされるようになるのは、一般的には共産主義が崩壊した九〇年代以後なのである。

ところが、四一年のカミュの『手帖Ⅱ』には、「ある国民が自由を悪用するとして、その自由を破壊することはつねに大きな犯罪である」というトクヴィルの文章にコメントを加えるなかで、「ある種の平等がいかに自由の敵になるか、政治において充分に感じられていない。ギリシャにおいて自由人がいたのは、奴隷がいたからだ」と書いている。これはもちろん『アメリカのデモクラシー』に見られる、地位の平等の漸次的進展は神の摂理のごとく、「普遍的で、永続的で、人力を超えて進んでいく」ものだが、平等にたいする「飽くなき熱烈な情熱は、ついに自由を犠牲にして奴隷状態においてまでその平等を欲する」にいたるという洞察を参考にしたものだろう。

カミュはさらに五三年にもトクヴィルを集中的に読み、『手帖Ⅶ』に『アメリカのデモクラシー』のみならず、『回想録』や『旧体制と革命』からの引用をまじえて、いくつかの感想を記している。そこでは、「トクヴィルによれば、独裁制の自然のブレーキとなるのは貴族だ」と書いたあと、「私は、平等と独裁制が民主的社会でひとつに結びついているかぎり、人びとの心と精神の平均的水準は低くなるばかりだと断言することを恐れない」という、「政治的自由」を犠牲にしてまで平等を優先しかねない民主的社会にたいする危惧を述べたトクヴィルの文が引用されている。さらに、「貴族とはまずある種の権利を享受するものではなく、それだけが権利を正当化する義務を受容する者のことである。貴族とはおのれを押し出しながらも身を引く者のことだ」と、あたかもある種の貴族を擁護するかのようなことを書いている。むろんカミュはトクヴィルと同様、身分としての貴族を肯定するのではなく、あくまで「知性と労働の貴族」、精神の貴族のことを言っているのだ。そのうえでこうも書いている。

あらゆる社会は貴族を基礎としている。というのも貴族、真の貴族とはじぶん自身にたいする要求であり、この要求がなければ、あらゆる社会が死滅するからだ。（『手帖Ⅶ』）

また、こうも、

虐げられた者には権利がないのだから、じっさいいかなる義務もない。権利はただ反抗とともにもどってくる。しかし彼が権利を得るや、たちまち義務が降りかかってくる。だから権利の泉である反抗は同時に義務の母でもある。これが貴族の起源だ。（同前）

アルジェの貧民街ベルクールで生まれ育った作家が、人間としての義務を引きうける貴族の必要性を説くのはいささか奇妙な感があるが、本物の貴族だったトクヴィルも、いくら神の摂理だとはいえ、民主制の社会では平等への情熱のためにときとして「政治的自由」が見失われかねないと深く危惧していた。「あらゆる時代に、人間たちをして人類がなし遂げた最高の偉業をなさし」め、「人間の悪徳と美徳を見、判断させる光を生む」この「政治的自由」こそが最高の価値だと考えていたからだ。だが、トクヴィルはその「政治的自由」がどこから生まれるのかということについては、「この崇高な好みを私に分析せよと求めないでもらいたい。それは感じるべきものなのだ。それは神がそれを受けとるべく準備された偉大な魂のなかにおのずから入ってきて、その魂を充たし、燃え上がらせる。それを一度も感じたことのない凡庸な魂に理解させることは断念すべきだ」(『旧体制と大革命』)と述べているだけだった。

相当なエリート主義で、とんでもなく「上から目線」の言葉に聞こえるが、必ずしもそうではない。トクヴィル学者のピエール・マナンのように、この「政治的自由」が何かしら特定の集団の特権だというのではなく、「若干の個人」の「高貴な一部分」のうちに「時々」めざめるものだと解するなら、のちに検討するカミュの反抗という概念も、トクヴィル的な「政治的自由」に近いものと考えられる。このふたりはそれぞれ「民主主義の友」ではあったが、同時にその堕落の危険をも見のがさなかったのである。

3 『ペスト』

沈黙している者たちの仲間入りをせず、ペスト患者たちのために証言し、少なくとも彼らになされた不正と暴力の思い出を残しておくために、そして災厄のさなかで学んだこと、すなわち人間のなかには軽蔑すべきことよりも感嘆すべきことのほうが多くあると言うために、リユー医師はこの物語を書く決意をした。

（『ペスト』）

†

カミュは一九三八年に最初の着想をえて、四二年から四六年にかけて実質的な執筆をした第二作目の小説『ペスト』を四七年に公刊した。一九四＊年に突如アルジェリアのオランを襲ったペスト、それにたいする市民たちの不安、恐怖、受難と、市当局の無能と無力を見て立ち上がった少数のボランティア保健隊の献身的な活動を描く「年代記（クロニック）」として書かれた作品である。

ちなみに彼は「小説（ロマン）」と呼ばれる作品を残さず、『異邦人』と『転落は』は「物語（レシ）」、『追放と王国』は「短編集（ヌヴェル）」として発表している。

ナチズムは「褐色のペスト」とも言われていたので、この小説『ペスト』は対独レジスタンスの国民的な体験をアレゴリー風に表現したものとして読まれ、大好評を博した。右の言葉はこの小説の話者＝主人公の医師リューが最後になって述べる闘いの総括であり、レジスタンスの過程に見られたさまざまな卑劣さ、非情さ、弱さ、無責任さにもかかわらず、しかるべく評価すべき人間性にたいする信頼を的確に抽出した言葉として知られている。

ただこの物語は、「最終的な勝利の記録」としては提示されてない。なぜなら、この災厄についてあれこれ思弁するのではなく、ひたすら人びとの「健康を救う」ことに全身全霊をかたむける医師リューは、「ペスト菌はけっして死ぬことも消え去ることもないのであり、辛抱強く待ちつづけ、そしておそらくいつか、人間に不幸と教訓をもたらすために、ふたたびそのネズミたちを呼びさまし、どこかの幸福な都市に彼らを死なせるためにさしむける日がくるだろう」と知っているとされているからだ。つまり、ファシズムや全体主義は人間社会の可能性としていつまでも潜在するだろうというのだ。

このようにレジスタンス運動をまるで慈善活動かなにかのように見なして相対的にしか評価せず、醒めた悲観的未来観さえにじませながら、ナチズムという歴史的な悪をペストという天災のかたちでアレゴリー風に描く非歴史的な方法は、出版当時、ボーヴォワールやバルトなどによって歴史の当事者の責任を等閑視する、「反歴史的な孤独なモラル」の産物だと批判された。ましてカミュ自身が、「全面的に不謹慎な告白」だと認めているこの小説では、タルーという謎めいた人物が異様な存在感を発揮しているのだからなおさらだ。

タルーはかつて検事をしていた父親が被告の死刑を勝ちとり、朝早く誇らしげにその処刑に立ちあうのだが、そのことに耐えられず、家を出て「もはやだれも他人を殺すことがなくなる世界」を、ある革命運動に求めて参加する。ところが今度は、心ならずもじぶんのほうが敵方の人間の殺害を支持せざるをえなかったことを「死ぬほど恥ずかしく」思い、以後「だれにたいしても不倶戴天の敵になるまいと努めた」結果、「じぶんがこの世界そのものにたいしてなんの価値もない人間になってしまったこと、ひとを殺すことを断念した瞬間から、決定的な追放に処された身になったことを知った。歴史をつくるのは他の連中なのだ」と露骨に反歴史的な考えを述べる。そして、カミュはこの「神なき聖人」を夢見る人物をとおして、「犠牲者も否、死刑執行人も否」の原則に忠実に、「歴史の主体」になる誘惑をみずから放棄する意志を表明しているのである。

とはいえ、こんにちから見れば、カミュはこの小説をあえてアクチュアルな「日付のある文学」（サルトル）ではなく、非歴史的なアレゴリーとすることによって、かえって小説的なリアリティを保持しえたのであり、たとえば3・11などの大震災・人災のときの政府当局の狼狽、逡巡、情報秘匿、無責任や私たちの不安、恐怖、妄動、そしてとりわけ自然発生的なボランティア活動など、かなりの現象がすでに『ペスト』で予知されていたかのように、「人間のなかには軽蔑すべきことよりも感嘆すべきことのほうが多くある」と思わせる状況が見られたのだ。これはこの小説のエピグラフに置かれたダニエル・デフォーの言葉、「ある種の監禁状態を他のある種のそれによって表現することは、何であれ実際に存在するあるものを、存在しないあるものによって表現することと同じくらいに、理にかなったことである」に見られるカミュの文学的な賭が、歴史的に報われたことを意味するだろう。

†

リユーは立ち上がり、しっかりした声で、そんなことは馬鹿げている、幸福を選ぶのになにも恥じる必要はないと断言した。

「そうです。しかし、じぶんひとりで幸福になるのは、どこか恥ずかしいところがあるのです」とランベールが言った。「ぼくはずっと、この町とは縁もゆかりもなく、あなたがたといっしょにすることはなにもないと思ってきました。しかし、見るべきものを見てしまった今では、望むと望まざるとにかかわらず、じぶんはここの人間だと分かったのです。この出来事はぼくらみんなに関わることなんです」。
（同前）

　ここに出てくるランベールという人物は、アラブ人の生活条件の調査が目的でパリからきた新聞記者だが、オランに着いて間もなく、ペストのせいで町が閉鎖されたため、パリで待っている妻のもとにもどれず、じぶんはこの通り元気だから、ペストに罹っていないという診断書を書いてもらいたいとリユーに頼む。リユーは医師としての職務上そんな無責任なことはできないと断るものの、ランベールの気持ちもよく理解でき、彼が合法、非合法のあらゆる脱出の手段を尽くしても咎め立てせず、その脱出が成功することを願っている。だが、ランベールの試みはことごとく失敗し、その顚末をいちいちリユーに報告にくる。そのうちしびれを切らしたランベールは無為の時間をつぶすために、脱出の試みを断念しないという条件で、ボランティアの保健隊の手伝いをしたいと申し出て受けいれられる。そんなふうにしばらく保健隊で働いていたランベールだが、ついにある日、闇社会の力を借りて確実に脱出する機会を得る。だが、出発の当日になって突然考えを変え、オランにとどまってボランティア活動をつづけるという決意をリユーに伝える。リユーが「馬鹿げている」というのは、ランベールが幸福への意志を放棄したと思ったからである。

　ところで、『ペスト』の作者は、三人の主要人物に自己を託していると思われる。すなわち、リユーには「少なくとも身体を救う」というモラルを、タルーには死刑をふくむ間接的な殺人を拒否するという信念を、そしてこのランベールには、「幸福になることになんの恥もない。しかしこんにち愚か者が王さまだ。愚か者とは享楽することを恐れる者のことだ」（『手帖Ｉ』）とあるような青春時代からの至上命題を貸しあたえているのである。

じっさい、これまでのカミュは、たとえば『幸福な死』では幸福になるために財力が必要だと考え、ザグルーという相手を、本人の同意のもとに殺害するメルソーを主人公にしていた。『異邦人』のムルソーは、偶然殺人を犯しても最後に「世界をじぶんと同じような、兄弟のようなものだと知ると、おれはじぶんが幸福だったし、今も幸福だと感じた」と言う「悲劇的な幸福」を体現する人物だった。また『シーシュポスの神話』では、いくら世界が不条理でも、ひとは「幸福なシーシュポスを想像しなければならない」と書かれていた。

ところがランベールは、このような至上命題に変更を加え、「じぶんひとりで幸福になるのは、どこか恥ずかしいところがある」、つまり他者の存在を無視する幸福は完全な幸福ではないと言うのである。ここには前期のカミュとの大きな違いが見られる。自己中心的だった彼の幸福観に初めて他者の概念が導入されているからだ。そして死の数カ月まえのインタビューで彼は、「私は、不幸におちいった人びとをよく助けるには、じぶんが大いに幸福にならねばならないと信じたい気持ちに駆られる」と述べている。

これは、いかなるイデオロギーも効力を失うとともに、ともすればクンデラのいう「キッチュ」、つまり紋切り型のうんざりするようなスローガンに堕する政治、政党活動よりも、創意ある各種の期間限定的なボランティア活動が盛んになり、意味があることになった私たちの二一世紀の新しい社会意識にもつながる考えだろう。

4　『反抗的人間』

†

不条理の感情からなんらかの行動基準を引き出そうとすると、殺人は少なくともどうでもいいもの、したがってありえるものになる。もしひとが何も信じないなら何も意味がなくなり、どんな価値も肯定できないならすべてが許され、なんにも重要性がなくなる。賛成も反対もなく、暗殺者は間違ってもいず、正しくもないことになる。死体焼却炉の火を掻きたてるもよし、レプラ患者の世話に献身するもよし、悪意と美徳は偶然もしくは気まぐれにすぎないとなる。

（『反抗的人間』序文）

『シーシュポスの神話』の九年後、一九五一年秋に発表された『反抗的人間』は、「否定の時代」から「恐怖の時代」へ、そして「イデオロギーの時代」になったというカミュの時代認識に対応した「行動基準」を求める試みである。これはむろん戦前のナチズム、レジスタンス運動、そして大戦後の五年間の政治、言論活動の経験や反省をふまえた結果だ。「不条理」の思想から「反抗」の思想に移る理由を述べるこの『反抗的人間』序文で、彼はまず、不条理は何事にも意味を認めない立場だから、直接的、間接的な「殺人」にたいしてさえも無関心であるばかりか、さらにこれを許容するニヒリズムだったという。

じっさい、『幸福な死』のメルソーは、ザグルーを殺し、『異邦人』のムルソーはアラブ人を殺しても、なんらラスコーリニコフ的な罪障感にとらわれたわけではない。この意味では、不条理の思想はニヒリズムの一形式に他ならなかったのだ。カミュの作品にニヒリズムという言葉が登場するのはこれが初めてだが、彼にとってニヒリズムとは何よりも「生にたいする無関心」に他ならない。そこで彼は不条理の感情の発生に立ちもどって、その思想的限界をこう反省する。

不条理の推論がいたる結論は、自殺を拒否し、人間の問いかけと世界の沈黙との絶望的な対立、対峙をあくまで見据えつつ、人生が無意味だからこそ逆に生きるべきだというものだった。自殺はこの対峙にみずから終止符を打つことだから、不条理の問題の解決としてはみずからの前提を否定する、まやかしの解決にしかならない。そこで、不条理への同意の一形式としての自殺の対極にあり、「生を価値あらしめる」形而上的反抗が不条理の推論の「第一の帰結」だとしていたのだったが、歴史的な反抗をふくむこの反抗の様態、意義については、それ以上に考察を進めて論述することができなかった。

　しかし考えてみれば、この不条理の推論はそもそも生を唯一の価値として認めていた。なぜなら、生があるからこそ人間と世界との対峙という不条理が可能になるのであり、人生は不条理だと言うためにも、まず意識が生きていなければならないからだ。そこで彼は、不条理の感情を一種デカルト的な方法的懐疑のようにみなし、「私は何も信じず、すべてが不条理だと叫ぶが、その私の叫びだけは疑うことができない。少なくともじぶんのこの抗議だけは信じる必要がある」ことを確認する。つまり、「不条理の経験の内部で私にあたえられる第一の、最後の明証性は反抗だったのだ」。そして、「反抗」は当然ながら、だれか叫びをうけとる他者の存在を前提とするのだから、「われ反抗す、ゆえにわれあり」ではもはやなく、「われ反抗す、ゆえにわれらあり」を以後の「行動指針」の出発点に位置づけねばならない。つまり、個人の反抗のみならず、今や他者と連帯する反抗を思考しなければならないというのである。

†

　反抗的人間とはなにか？　否(ノン)と言う人間である。しかし、彼は拒否をしても断念するのではない。彼はまた最初から諾(ウィ)と言う人間でもあるのだ。一生の間、ずっと命令をうけてきた奴隷が、突然、新しい指令をうけいれられないと判断する。この否（ノン）の内容とは何だろうか？
（同前）

『結婚』など初期の抒情的なエッセーはもとより、『異邦人』や『シーシュポスの神話』にも自己と同等の他者としての人間は見られない。そのあとの『ペスト』では主人公リユーがタルーやランベールら、じぶんとは生き方も考え方も異なる人物と連帯するというかたちでようやく他者が登場するものの、対他関係を本格的に考察の対象にしたのは『反抗的人間』が初めてである。見られるように、彼はまず、この人間の対他関係をヘーゲル的に主人と奴隷の関係として論じる。

奴隷が主人にたいして反抗するとき、彼の「否」は主人の新たな命令は限度を越えた理不尽なものだとか、この主従関係はあまりにも長くつづきすぎたといったように「ある種の限界の存在」を想定している。だから彼の反抗は主人の命令にたいする拒否だけでなく、漠然とながら感じられる物事の限界の意識、限界への同意をも意味する。だから、「反抗はあらゆる存在の全面的な否定ではない。逆に、同時に〔限界の存在に〕諾と〔不当な命令に〕否と言う」ことなのだとなる。

さらに反抗する奴隷は、このような主観的な限界と同時に、人間のなかにはじぶんが一体となるばかりでなく、じぶんを超えたものでもあり、じぶんのみならず主人もふくむ他者もまた当然尊重してしかるべき客観的な限界、つまり近代の歴史主義や実存主義では否定されるが、ギリシャ人たちが信じていたような「人間の本性」、もっといえば「人間の尊厳」というべき境界の存在をも想定している。つまり、この奴隷は反抗によって主人の命令の拒否ばかりでなく、どんな人間も越えてはならない人間の相互的な限界を明るみに出すのだ。そしてこの明るみのなかに「自由」と「尊厳」が出現する。

また、このような反抗の感情は必ずしも侮辱され虐待される奴隷自身だけのものであるとはかぎらず、そのような奴隷の悲惨な光景を目のあたりにする他人のなかに芽生える感情でもある。だから、「反抗のなかで、人間は他者のなかへとじぶんを超克」し、人間同士の「連帯」の端緒を創りだす。反抗はなにも創りださないので否定的にみえるが、「人間のなかにあってつねに護るべきものを明らかにする」のだから、きわめて肯定的なものなのだ。だからカミュは、ヘーゲルの承認の弁証法にあるような、主人が命を惜しんで奴隷の奴隷になるのとは違った、別の対他関係を考えていることになる。

†

人間は存在するためには反抗しなければならないが、みずからのうちに発見する限界を尊重

しなければならない。この限界においてこそ、人間たちが合流し、存在しはじめるのだから。（同前）

カミュの反抗論の逆説的な特徴は、限界（limite）という概念が最初から強調されることである。これは主に彼の思想的転換の事情、つまりレジスタンスの正義を革命によって実現しようとして、対独協力派の粛清という間接的な殺人の正当化をおこなった結果、「正義は存在しない。ただ、限界があるだけだ」と認めざるをえなかったことからきている。ここではその発見を経験則だけにとどめずに理論化しようとして、「人間の連帯という価値は反抗の動きそのものに基づいているのだから、この連帯を否定もしくは破壊することを許すどんな反抗もただちに反抗という名を失い、じっさいには殺人への同意と同じことになる」という。

だから、反抗という「第一の、最後の明証性」「最初の気高さ」にあくまで忠実でなければならず、もし倦怠もしくは狂気によってこの限界を忘れるなら、独裁もしくは隷従の陶酔に陥るだろうと述べ、この観点から目的のためには手段を選ばない「革命」は、最終的に「反抗」の高邁な起源を裏切るニヒリストの行為であり、反抗の堕落した形態だと断じる。そして彼は、「革命は必ず国家の強化をもたらす」と言い、フランス革命やロシア革命などの「歴史的反抗」を彼なりに分析して、こう結論する。

革命的な錯乱はまず、人間の本性と切り離せないと思われ、そしてまさに反抗が明らかにする、この限界の無視と徹底的な無理解によって説明される。この境界を無視するからには、ニヒリズム的であるこれらの思想は、ついにはいずれも一様に加速する運動に身を任せる。その帰結において何もそれを押しとどめられないし、その結果、それは全面的な破壊もしくは無限の征服を正当化するにいたる。（同前）

要するにカミュはあえて、ラディカルなものに好意的だった同時代の政治的通念に反して、人間の限界を肯定的にとらえ、そこにニヒリズムを超える価値の源泉を認めようとするのである。

†

節度は反抗の逆ではない。反抗こそが節度なのであり、反抗が節度を命じ、護り、歴史とその混乱を超えて、節度を再生させるのである。この価値の起源そのものが、それが引き裂かれたものでしかありえないことを私たちに保証している。反抗から生まれた節度は、反抗によってしか生きられない。節度はたえず知性によって惹起され抑制される、恒常的な葛藤なのだ。

（同前）

このように定義される節度（mesure）は、カミュの思想において限界（limite）とほぼ同じ意味で、互いに補完関係にある重要な概念である。カミュはここで、節度は反抗に先だってあらかじめ決定された態度ではなく、反抗によってそのつど見いだされる価値だという。反抗は必ず限界に出会うが、この限界を認識することから動的な節度が生じる。だから、この「節度」はよく誤って解釈されるような静的な「中庸」ではない。ヘーゲル＝マルクス主義的な弁証法が全盛の当時、カミュはみずからのいう「節度」をめぐるそのような誤解を斥(しりぞ)けるべくこう言っていた。

この国の知識人にとって、節度とはブルジョワの悪魔的な穏健以外の何ものでもない。ところが、そんなことではまったくないのであって、ヘレニズムにおいて節度とは、つねに矛盾を認識し、なにがあろうとその矛盾のうちにとどまろうとする決意のことだったのだ。

（『アクチュエルⅡ』）

このようにカミュは、矛盾を否定して止揚する近代的弁証法を斥け、あえて矛盾を肯定し、人間としての節度をそのつど見いだし、そこで破壊されやすい世界の均衡を維持することに努める。このような節度の決然とした肯定から、反抗に関わるもう一つの鍵概念（démesure ＝過激、行き過ぎ）が出てくる。彼は、「対立物が均衡している境界をやみくもに乗り越え、ついに同意の陶酔のなかに居座る魂の動きを、私は démesure と呼ぶ」と述べ、ニヒリスト的な絶対的革命を断罪する。ここでカミュが、ファシズム、スターリニズムなど史上最大の災禍をもたらした二〇世紀的全体主義の「ヒュブリス（驕慢、思い上がり）」のことを念頭に置いていることは言うまでもない。「節度の女神、ネメーシス。節度を踏み越えた者はみな情け容赦なく破滅させられる」という認識が、彼の新たな「行動方針」になったのだ。

†

人間にはだれにも相応なレベルで可能な行動と思想がある。それ以上に野心的な、どんな企てでも矛盾をきたすことが判明する。絶対は到達されず、とくに歴史をとおしては創造されない。政治は宗教ではないし、もしそうなったら異端審問になってしまうだろう。社会は絶対をどのように定義するのか？　おそらく各人が万人のためにその絶対なるものを探求するのかもしれない。だが、社会と政治は、各人がそのような共同の探求をする時間と自由がもてるように、万人にかかわる事柄を解決する責務があるにすぎない。だから歴史が崇拝の対象になるなどありえないのだ。歴史とは周到な反抗によって豊饒にされることこそ肝要なひとつの機会にすぎないのだ。

（同前）

カミュはこのあと、さらに反抗の精神に時代のニヒリズムから脱却する「ルネサンス」の可能性さえあると仄めかしているのだが、政治思想として見れば、ここにあるように歴史の絶対視と神格化の拒否、政治の脱宗教化を述べているにすぎない。必要があれば、せいぜいより具体的に、「この一〇〇年のあいだに、一日一六時間労働から一週間四〇時間労働へと驚くべき改善をなしとげた」革命的組合主義の成果に言及するくらいである。そして彼は、反抗の「行動方針」をこう定める。

反抗は相対的なものしか目指さず、相対的な正義を伴うある種の尊厳しか約束しない。反抗はそこで人間の共同体が確立される限界の側に立つのであり、その世界は相対性の世界である。

（同前）

これは以前に見た政治は、「少なくとも身体を救う」ことで満足すべきだという「犠牲者も否、死刑執行人も否」の結論につながるが、このようにあくまで醒めた政治的主張はジョルジュ・

バタイユやポール・リクールらの賛辞に浴したものの、冷戦下の熾烈なイデオロギー対立の時代、革命の熱望に水を差す反共思想として大々的な非難を浴びせかけられた。むろん敵の敵は味方というわけで、右翼からはこぞって歓迎され、称賛されたが、そのことがかえってカミュ周辺の左翼知識人たち、さらには当然のことながら共産党系知識人から反動的、反時代的と糾弾されることになった。その象徴的事例がいわゆる「反抗か革命か」をめぐるサルトル＝カミュ論争であり、これはフランス国内をはるかに越えて世界的な話題になり、当時わが国でもさまざまにコメントされた。

一九五二年五月─八月、サルトルが主宰する《レ・タン・モデルヌ》誌にフランシス・ジャンソンが寄せた厳しい『反抗的人間』批判にはじまるこの論争は、今読んでみると、『反抗的人間』の内容の吟味、評価というよりもむしろ、お互いの政治的な立ち位置、人格にたいする攻撃、批判ばかりが目立ち、冷戦当時のイデオロギー的背景がなくなった現在、政治、思想論争としてはかなり貧弱に見えてくる。その後の歴史が社会主義の瓦解と消滅といった帰結をもたらし、論争の争点が急速に色あせてしまったからだ。

ただ、カミュのために言っておけば、彼はその後一貫して革命を否定し、反抗を擁護するのだが、いわゆる「転向」をして右翼リベラルになったのではなく、あくまで左翼でありつづけ、フランス社会に伝統と実績をもつ「革命的〔もしくは無政府的〕組合主義」を支持しつづけた。

今にして思うと、当時の状況であえて時流にさからったカミュの知的勇気と明晰さに改めて驚かざるをえない。

5　地中海の霊感――ニヒリズムを超えて

†

歴史は、歴史以前から存在していた自然の世界も、歴史のうえにある美も説明することはできない。それゆえ、歴史はそれらを無視することを選んだのだ。（『夏』「ヘレネの追放」）

これはエッセー集『夏』（一九五四年）に収められた「ヘレネの追放」の一文である。ヘレネはもちろんギリシャ神話に出てくる人物で、美の象徴である。だから、カミュここで自然と美が忘却されがちなヨーロッパの「乏しい時代」（ハイデガー）の批判をしていることになる。彼はもともと「ギリシャ人における歴史感覚の欠如。幸福な民であったギリシャ人は歴史を知らなかった」（『手帖Ⅴ』）ことに共感し、アルジェの若者たちについて、「この二〇世紀以来、人間たちはギリシャ的な不遜と純朴を品位あるものすることに懸命になり、身体を貶め、衣服を複雑にしてきた。こんにち、地中海の浜辺の青年たちの走行は、そんな歴史を超えてデロスのアスリートたちの見事な身振りにつながってくる」（『結婚』「アルジェの夏」）と夢想したりしていた。

むろん彼の念頭にあったのは、ニーチェのいう「悲劇の時代」のギリシャであり、親近感をおぼえたのはこのエッセーが捧げられている詩人ルネ・シャールと同様、直線的ではなく円環的な時間概念を説くヘラクレイトスらの「ソクラテス以前の哲学者」だった。すでに四八年のあるラジオ番組でルネ・シャールを讃える放送をしたとき、彼はヘラクレイトスの「乾いた光はもっとも賢明で善良な魂をつくる」という言葉を引き、「生き残りの者たちのなかでただひとり生き生きしているシャールは、正午の思想の厳しく稀な伝統を新たに取り上げたところだ」と話している。

ここでカミュが「歴史」と呼んで非難しているのは、最終的な目的（天上の王国、階級なき社会といった正義）に向けて直線的に進む時間概念に基づくキリスト教、この点ではとりわけキリスト教を引き継いだと見なされるマルクス主義的な歴史観である。これらの歴史観はそれぞれ未来に達成される目的を絶対視するあまり、現在の手段をめったに選ばない。目的はただ手段によってしか正当化されないというのに、みずからの絶対的な正義のためならどんな手段も正当化されると考えるのだ。ところが多くの場合、「明るい未来」の具体的な内容が曖昧なまま、現在の諸矛盾、諸問題はかぎりなく未来に先送りされる。「ニヒリストは何も信じない者であるのみならず、げんにあるものを信じない者だ」という意味で、これはまぎれもないニヒリズムである。そこで彼は「ヨーロッパの現在の哲学」と呼ぶ通俗的ヘーゲル＝マルクス主義的な歴史観について、「人間を歴史に還元する」とか、「歴史を絶対的な価値と同一視する」結果、止めどなく限界を越え、節度を失うとくりかえし断じてはばからないのだ。

これにつないでカミュは、このエッセーの冒頭で、「地中海には霧の悲劇ではない、太陽の悲劇がある」と述べ、時代を支配する北ヨーロッパの歴史主義的な思潮を「霧の思想」と呼んで、これを南方の地中海的な「太陽の思想」あるいは「正午の思想」に対置し、こんな希望的な観測をおこなっている。

あらかじめおのれの無知を認めること、狂信主義を拒否すること、世界と人間の境界を越えないこと、だれか愛する人がいること、そして美に敏感であること、私たちがギリシャ人に合流するのはそこにおいてだ。ある意味で明日の歴史の方向は今、信じられているものではない。それは創造と異端審問との闘いのなかにある。素手の芸術家がはらう代償がどんなものだろうと、ひとは芸術家の勝利を期待してもよい。もう一度、闇の哲学は光かがやく海のうえで霧散するだろう。おお、正午の思想！

（同前）

これはたぶんに地中海人カミュの感性に引きつける我田引水的な考えで、いささか単純な図式だが、ワーグナーからビゼーに宗旨替えしたニーチェの「大いなる正午」を思わせる願望だだろうとみなしておく。ニーチェが、ワーグナーの楽劇を湿っぽい「霧の音楽」とし、ビゼーのオペラ「カルメン」を乾いた「南方」もしくは「地中海」の音楽に対置したように、カミュは、ヘーゲル＝マルクス主義を「霧の思想」と形容し、これに地中海の「太陽の思想」「正午の思想」で対抗できないかと思いたかったのだ。

『反抗的人間』には、この「太陽の思想」についてこれ以上、具体的かつ充分に説得的な展開はないが、しかし地中海的な「正午の思想」はこの場のたんなる思いつきではない。カミュは、ヴァレリーの講演「地中海の霊感」（一九三三年）のことをアルジェ大学の指導教官で、のちにヴァレリー学者として知られることになるジャン・イティエをとおして知っていたはずだし、またジャン・グルニエが、（たぶんイティエを介して）ヴァレリーの許可をえて発表した同名のエッセー集『地中海の霊感』（一九四〇年）を読み、その影響をうけたことはグルニエ自身も認めている。いずれにしろ、一九三八年一二月にみずから編集長を務め、イティエらを顧問に迎えて、友人のエドモン・シャルロが刊行した雑誌《リヴァージュ》――副題は「地中海文化雑誌」――の発刊の辞で、カミュはクセノポンが『アナバシス』において描いた、ペルシャ戦争に敗戦し、疲れ果てたギリシャ兵が、屈辱感にまみれてようやく故国に帰還し、波が砕けて神々が微笑んでいる海の見える丘の頂上に達したとき、武器を捨て、なにもかも忘れて踊りだしたというエピソードを引き、「美と生ける詩を人間の生の唯一の真実として聖化する海を眼前にしたこの踊り、これが《リヴァージュ》の目次であり、読者にたいする保証だ」と書いていた。ただこの雑誌は戦争の激化、ナチスの占領、レジスタンス、冷戦とつづいた政治・社会情勢のせいで、わずか二号までしか刊行できなかった。もしかするとカミュは、一〇年まえに挫折した夢をもう一度とりもどしたいと願ったのかもしれない。

ただ、もちろんカミュは、古代ギリシャの世界にもどれば、あらゆる問題が地中海のそばで解決をみるなどと言っているのではない。そもそもなんであれ、過ぎ去った過去に回帰するなど不可能である。だから彼は、「私が言いたかったのはただ、ここ一五〇年のヨーロッパのイデオロギーは、地中海的思考の中心にあった美、自然（したがって限界）の概念にさからって形成されたということだけだ。と同時に、ある均衡が破れたということ、ヨーロッパはかつて真昼と真夜中との闘いのうちにしかなかったということ、そして生きた文明はそのような緊張なしに、あまりにも長いあいだ無視されてきた地中海的な伝統なしには形成されないだろうということを言ったのだ」（『アクチュエルII』）と述べている。

収穫への執念と〈歴史〉への無関心が私の弓の両極だ、とルネ・シャールは見事に言っている。もし歴史の時間が収穫の時間ではないとするなら、じっさい歴史とはもはや人間が関与しない、儚く残酷な影にすぎなくなる。そのような歴史に身を捧げる者は無に身を捧げることになり、やがて今度はみずからが無になる。だが、みずからの生の時間、みずからが護る家、生者たちの尊厳に身を捧げる者、この者は大地に身を捧げるのであり、大地から収穫をうけとり、この収穫が種子を蒔き、新たにひとを養う。結局のところ、望むときに歴史にもまた反抗できる者たちこそが、かえって歴史を前進させるのだ。

（『反抗的人間』）

†

『反抗的人間』の最終章「ニヒリズムを超えて」に見られるこの文章で、カミュはみずからの反時代的な歴史観を力説するために、詩人のルネ・シャールの言葉を援用している。これには大きく言ってふたつの理由が考えられる。第一に、カミュの歴史観がシャールのそれに深く呼応するからだった。じっさいシャールはかねてより、「人間たちの歴史とは同一の語彙の同義語の長い継起である。それに反対することはひとつの義務である」と言い、左翼の歴史主義者たちのことを、「彼らは幸福な森を全滅させて絶妙な牢獄を設置し、みずからの混沌の暗闇を〈認識〉の光として投影するという誤った意識を科学の名のもとに示している」と非難していた。

またカミュがこれほどまでシャールに全幅の信頼を寄せるのは、ふたりが同じニーチェ主義者で、「正午の思想」を共有しているという確信があったからである。カミュにとって、ジャン・グルニエが精神的な父親だったとすれば、シャールは精神的な兄とも言うべき存在だったのだ。

このふたりが出会ったのは第二次大戦後、カミュが『異邦人』『シーシュポスの神話』の作者にして、有力紙《コンバ》の主筆、かつガリマール社の《希望》叢書の監修者という、絶頂期にあった時だった。カミュは、やがてレジスタンス文学の最高峰として認められることになる『イプノスの手帖』の出版許可を求める手紙をシャールに書いた。当時、カミュより六歳年長のシャールは、戦前にシュルレアリストのもっとも若い詩人として一部で知られていたにすぎなかったので、『イプノスの手帖』の原稿も、もちこみ原稿のひとつとして放置されていた。ところがカミュは、類稀な編集者センスを発揮してこの詩集に目をつけ、シモーヌ・ヴェイユの著作を広くフランスに知らしめたのと同じ《希望》叢書から刊行し、詩集としては例外的な成功をおさめた。このことが機縁となって、ふたりは肝胆相照らす仲になり、一時パリの同じ旧トクヴィル邸にそれぞれの仕事部屋を借りたり、一冊の本になるほど頻繁に手紙を交わしたりした。互いに著書を相手に捧げ、《エンペドクレス》という雑誌を共同で編集し、出版はカミュの死後の一九六五年になるが、ある女性写真家の作品にふたりがそれぞれテクストを寄せるかたちの『太陽の末裔』という共著を刊行したりもしている。

カミュはドイツ語版シャール詩集に序文を書き、そのなかで「シャールはこの時代に生きている最高の詩人であり、『激情と神秘』は『イリュミナシオン』と『アルコール』以来、フランス詩がもたらしたもっとも驚嘆すべき作品である」と断定する。そしてシャールを、「反抗と自由の詩人」であるとともに「愛と美の詩人」だとしながら、「私たちが救いと慧眼とを求めることができるのは、このような作品にたいしてだ。この作品は真実を、長いあいだ、私たちはそれについてただ、それが私たちの祖国であり、私たちがその祖国から遠く離れるなら苦しむだろうという以外に、何も言えなかったあの真実を伝えてくれるのだ」と述べている。やや神秘的な言い回しだが、この「真実」とはカミュにとって「正午の思想」のことだったに違いなく、またここにはシャールにたいするカミュの並々ならぬ敬愛、傾倒ぶりがうかがわれるだろう。

だからカミュは、人生の一大勝負のようにして書いた『反抗的人間』の執筆過程で、ことごとにシャールの忠告を仰いでいた。そして、できあがったタイプ原稿をシャールに捧げ、「私はいい、いい、私たちのものになるように欲し、あなたなしにはけっして希望の本にはなりえなかったこの書の最初の状態を親愛なるルネに」という献辞を添えたのだった。シャールはこれにたいして、「これはなんという寛大な勇気だろう！（ああ、親愛なるアルベール、この本を読んで私はふたたび若返り、爽快になり、屈強になり、手足を伸ばした、ありがとう！）」と書き送った。カミュの嬉しさはいかばかりだったろう。

カミュは一九六〇年一月四日、グルニエに薦められ、シャールに見つけてもらったルルマランの別荘からパリにもどる途中、不慮の交通事故死したのだが、その前日の三日に新たなシャール論を書くべく、メモをとっていた。彼が残した人生最後の言葉は、「時代のなかのシャールは、汚れた河のただ中にある清らかな岩のようだ。その河は流れ、横切り、彼に近づくと逸れていく。そして……」で途切れていた。

6 『正義の人びと』

†

カリヤエフは最後まで疑ったが、その疑いのために行動が妨げられたわけではない。そのことにおいて彼は、反抗のもっとも純粋なイメージになる。みずから死んで、ひとつの生命をもうひとつの生命によって贖(あがな)うことをひきうける者は、彼の否定がどんなものだろうと、同時に歴史的個人としての彼自身をも超える価値を肯定する。カリヤエフは死ぬまで歴史に身を捧げ、死ぬときに、歴史のうえに身を置くことになるのだ。（『反抗的人間』）

カリヤエフ（一八七七―一九〇五年）とは、帝政ロシア末期に実在したテロリストである。ツァーの叔父で帝政の独裁政治をささえる実力者のセルゲイ大公暗殺の指令を〈組織〉からうけた彼は、決行の夜、大公の馬車に大公妃ばかりかふたりの子供がいるのを見て動揺し、爆弾を投げるのをやめる。「子供を殺すことは名誉に反する」と思ったからだった。古参の闘士ステパンからそんな青臭い「詩人の魂」を嘲笑され、革命への信念の不充分さをなじられる。だがカリヤエフは、その二日後、ふたたび大公暗殺を試み、今度は大公ひとりを殺すことに成功する。逮捕され、絞首刑の判決をうけた彼は、キリスト教的な慈愛による恩赦を申し出る大公妃の言葉にも、みずからの信念を否認すれば特赦にすると暗示する警視総監の言葉にも耳を傾けず、「殺人が勝利にならない」ことを、身をもって示すために従容としてみずからの死をうけいれる。

カミュが、ボリス・サヴィンコフの『あるテロリストの回想』などでこの実話を知ったのは一九四六年であり、この時期、レジスタンス、粛清問題を経て、今後のフランスの変革を模索するなかで「テロと正義」「暴力と政治」の問題は避けて通れないテーマだった。それとの関連でロシア革命史を調べているうちに、カリヤエフとその仲間たちの思想と行動にことのほか心惹かれた。彼は、「心優しい暗殺者」という評論を書いて雑誌に載せるばかりか、『反抗的人間』に本格的に取り組むまえに、同じ題材で戯曲『正義の人びと』を書き、四九年一二月にその初演がなされた。『反抗的人間』の「歴史的な反抗」の一節は、カリヤエフのような「心優しい暗殺者」に捧げられ、ニヒリズムを克服しえた唯一の事例として手放しの共感を寄せられている。

カミュは、のちにガンディーの非暴力主義に関心を示すことになるが、この時点では政治に正義をもたらすには、ある程度まで暴力が必要だし、まして帝政ロシアのような絶対的な独裁権力が全面支配する状況ではテロもやむをえないと考えていた。しかしその場合でも、目的はあくまでその手段によってしか示されないのだから、奪った他人の命はみずからの死によって贖われねばならない。そうでなければ、正義のないただのニヒルな犯罪、殺人になってしまう。必ずしも論理的ではないが、それが真の反抗者のモラルであり、カリヤエフはその化身だというのである。

だが、カミュはこのテロの問題に別の角度からふたたび出会うことになる。彼にとって幸いなことに、その時代にはまだイスラム戦闘員の自爆テロという、ドストエフスキー『カラマーゾフの兄弟』のイヴァン的な「神がいなければ、すべてが許される」ではなく、イスラム原理主義的な「私は神を信じる、だからすべてが許される」といった新手のニヒリズムはまだ知られていなかった。

しかし、やがてこれに近いテロの問題がきわめて悲劇的なかたちで浮上することになる。なぜなら、それから五年もしないうちに、アルジェリア戦争が起こり、テロと弾圧、弾圧にたいする報復といった暴力の連鎖が、ほぼ日常的な光景になるからだ。このときカミュは、あらゆる政治的な暴力を断罪してこのように書くことになる。

私たちは同じ力で、歯に衣を着せずに、アルジェリア民族解放戦線によってフランス市民になされているテロ、またそれよりも大規模にアルジェリア市民になされているテロを断罪しなければならない。このテロは許すことも、このまま展開されるのを放置することもできない犯罪である。かつてのいかなる革命運動も、現在なされている形態のテロを許容したことはなく、たとえば一九〇五年のロシアのテロリストなら、ここまで身を落とすくらいならとっくに死んでいたことだろう（彼らはじっさいにその証拠を残した）。……なにはともあれ、ガンディーは一日たりとも尊敬を失うことなく、自国民のために闘い、勝利しうることを示したのである。擁護する大義がいかなるものであれ、殺害者があらかじめ女性や子供たちに害が及ぶことを知りながら、無辜の民を無差別に虐殺するなら、その大義の名誉はずっと汚されたままにとどまることだろう。

（『アクチュエルⅢ――アルジェリア年代記』序文）

カミュは、時にあまりに白々しい「敬虔な嘘」というべき、手垢のついた平和主義ではなく、このような非暴力主義、あるいは最近、西谷修が提唱するより適切な言葉では「非戦」の思想に傾くことになるのだが、議論が先走るのは避け、ここではその詳細に立ち入ることは控える。

ただカミュが、ガンディーの教えとして、言葉は行為であり、死ぬまで言行を一致させるなら、言葉によって歴史を変えられること、「温和さの厳しい執拗さと平和のエネルギーだけが暴力の狡猾な頑迷さに打ち克つ」ということを挙げているとのみ言っておくことにする。

†

ほんとうに正義を愛する者たちには、愛のための権利はない。彼らはわたしのように背筋をのばし、頭をあげ、じっと目を見据えている。こんな高慢ちきな心のなかで、愛に何ができるって言うの？　愛とはやさしく頭をさげることよ。……わたしたちはなんの支えもない不幸な愛で、民衆を愛している。でも、わたしたちは民衆から遠く離れ、じぶんの部屋に閉じこもり、勝手な考えにふけっている。だけど、民衆のほうはわたしたちを愛しているのかしら？　わたしたちが彼らを愛していることを知っているのかしら？　民衆は黙っている。なんという沈黙でしょう！　……わたしはときどき思うの、愛とはもっと別のものじゃないかしら、独り言であることをやめて、ときには答えのあるものじゃないかしらって。ねえ、わたしはこんなことを想像するの、空に太陽が輝き、わたしたちの頭がゆっくりとさがり、両腕がひらく。ああ、ヤネック！　もしたったのひとときでも、この世の恐ろしい悲惨を忘れ、成り行きに身をまかすことができたら。エゴイズムのわずかなひとときでも、あなたにそんなことが考えられる？

（『正義の人びと』）

これは一九四七年に上演された戯曲『正義の人びと』のなかで、秘かにカリヤエフを愛しているドーラの台詞である。このドーラにもドーラ・ブリヤンという実在のモデルがあったのだが、彼女とカリヤエフとの愛のエピソードはカミュの創作である。彼はたんなる政治劇ではなく、より普遍的な人間劇にしようと、社会的な「正義」と個人的な「人情」との葛藤と相克という古典的なテーマを導入したのだ。

ドーラはカミュ作品では、『誤解』のマルタにつづく二番目のヒロインだが、意志的であるのは同じでも、より知的で聡明な女性である。彼女は民衆の悲惨を見て、それをなんとかしようとテロリストの〈組織〉に入り、爆弾製造や見張り役などの活動に従事するが、テロリスト同士の愛を禁止する〈組織〉の掟にときどき疑問を抱く。また、無垢な子供を殺すことを拒否し、その後〈組織〉の指令通りセルゲイ大公暗殺に成功すると、失われた命は奪った者の命によって贖われねばならないとするカリヤエフを擁護し、大義の実現のためにはなんでも許されると言ってはばからない――だから、いずれスターリニストになりそうな――古参のステパンと対立する。「破壊のなかにさえ、秩序があり、限界があるわ」と。

結局ドーラは、作者がエピグラフにもちいた『ロミオとジュリエット』の「おお、愛よ！

おお、命よ！　いや命ではない。死のなかでの愛だ！」を地でいくように、カリヤエフの首を絞めたのと同じ縄にかかりに、新たなテロ行為に敢然と向かう。ただ、そのまえに「もし唯一の解決が死なら、わたしたちが辿っているのは正しい道じゃないわ。正しい道というのは生に、太陽に通じる道だわ」とか、「もし人類全体が革命を見捨てるとしたら？　たとえあなたが民衆のために闘っていても、もしその民衆が子供を殺されるのを拒否したら？　その民衆を打ち倒さねばならないとでもいうの？」とか、あるいは「わたしたちのあとにやってくる他の者たちがわたしたちを口実にして殺人を犯しても、そのあとじぶんの命でそれを贖わなくなるでしょう」などとテロにたいする懐疑を語り、革命神話の崩壊を予言するようなことさえ述べている。

「戦争と革命の世紀」といわれた二〇世紀には、このようにみずからの思想、理想に殉ずるために自己を犠牲にすることも厭わない（あるいはそのように強いられた）人びとが多くいたが、「正義」という言葉が死語になりつつある二一世紀には、その種の人間は一部のイスラム戦闘員をのぞいてほとんどいなくなった。ちなみに、自爆テロをおこなうイスラム戦闘員のことをフランス語では kamikaze（神風、カミカーズと読む）という。七〇年前の日本のいかにも非人間的な神風特攻隊が、ヨーロッパ人にはよほどの衝撃をあたえたからに他ならない。

また、一九世紀の反抗や革命をいくつも経験したヴィクトール・ユゴーは、カリヤエフやドーラらが直面したのと同じジレンマについてこう述べている。

個人の一時的な生活が、人類の永遠の生命に相反することがままある。個人にはじぶんのはっきりした利害があり、その利害のために契約を定めたり、守ったりしても、べつだん不実な行為になるわけでない。現代はある程度までエゴイズムが許される。かりそめの人生にはそれなりの権利があり、たえず未来のためにおのれを犠牲にする義務などないのだ。現在地上を通過する順番になっている世代は、あとで順番がまわってくる諸世代、つまりは対等の者たちのために、じぶんたちの通過期間を短縮する必要はないのである。

（『レ・ミゼラブル』）

もっともな指摘だと思われるが、カミュが活動した二〇世紀の冷戦時代は、ユゴーの世紀と違い、ドーラが嘆いたような冷たく硬直した時代だったから、このようなゆとりはもてなかった。ただ、ユゴーも、「成功しようがすまいが、未来のために闘うかがやかしい闘士たち、ユートピアの殉教者たちには感嘆せずにいられない。たとえ挫折しようと、彼らは尊敬に値するのであり、そしておそらく、その失敗のうちにこそ、ますます彼らの尊厳が見られるのである」とつづけているので、根本のところではカミュと同意見だった。だが、わが国の現代のように、近代のあらゆる「大きな物語の終焉」（リオタール）を無邪気に歓迎し、一種の「消極的ニヒリズム」には違いない「ナルシス的個人主義」（リポヴェツキー）の時代には、カリヤエフやドーラのような英雄的な振舞いもただ冷笑、もしくは憫笑されるだけなのかもしれない。

7　『転落』

実存主義。彼らがじぶんを責めるとき、それはいつも他人たちを責めるためだと確信してよい。改悛した判事たち。二〇世紀最大の情熱とは隷従への好みだ。

（『手帖Ⅷ』）

†

『反抗的人間』が引き起こしたカミュにたいする毀誉褒貶は、フランス国内にとどまらず、世界中に広がった。まして、当時世界的流行でさえあった「実存主義」の双璧、サルトルとカミュが思想的に厳しく対立し、ついには絶交にまでいたったことは、ひとつの事件だったと言って過言ではない。わが国でも、『革命か反抗か』というフランスにない本まで出版されるほど、この論争に関心が寄せられたことはすでに述べたとおりである。

ただ、ジャーナリズムによって貼られた「実存主義者」というレッテルには、カミュは何度も異を唱え、そこにじぶんを認めることを終始一貫して拒否していた。人間になんらかの「本性」もしくは「本質」を認めるカミュは、「実存は本質に先立つ」、つまり人間の本性など存在しないというサルトルの無神論的実存主義の前提からして共有していなかった。これは根本的な違いだが、他の点でも何から何までふたりは異なっていた。ここで簡単にふたりの関係を振りかえっておこう。

一九〇五年生まれのサルトルは、一三年生まれのカミュの八歳年長だったが、ふたりとも父親を知らなかったことでは共通している。ただサルトルは、じぶんには「超自我」がなかったと誇らしく語っているのにたいし、カミュのほうはルイ・ジェルマンやジャン・グルニエのような父親の代理をする規範が必要だったという違いがある。前者はアルベルト・シュヴァイツァーを遠縁にもつ比較的裕福な家庭のひとり息子で、大半をパリで過ごし、名門の高等師範学校で学び、哲学の大学教授資格を得て、生涯身分が保証されていた。後者はフランス領アルジェリアのアルジェの貧民街で育ち、経済的な理由で高等教育などとうてい望みえない身分だったが、小学校で、ジェルマンという教師の破格の好意で国費給費生となり、リセを経てアルジェ大学に進学、苦学しながら高等教育修了論文「キリスト教形而上学とネオプラトン主義」を提出して大学教授資格試験を目指したが、結核のために教職への道を断念せざるをえなかった。

このように学歴には相当の開きがあり、カミュには多少の「うしろめたさ」、コンプレックスがあったようだが、アルジェのジャーナリスト時代の一九三八年に、すでにサルトルの『嘔吐』の書評を書き、著者のありまる才能を認めつつも、作品の思想（不安の哲学）と具体的なイメージとのあいだに不均衡があること、そして人生の不条理の発見は、そこから行動指針を目指す出発点であるべきなのに、それを到達点にしていることを難じている。また翌年、短編集『壁』のかなり好意的な書評もおこなっている。

カミュがジャン・グルニエ、ジャン・ポーラン、アンドレ・マルローらの推挽でガリマール社から『異邦人』を出版したのは四二年の五月、『シーシュポスの神話』は同年一〇月の刊行だった。この二作によってまだ三〇歳にもなっていなかったカミュは、一躍ドイツ占領下のパリ文壇の寵児といった存在になった。カミュがサルトルに初めて会ったのは四二年九月、サルトルの劇作『蠅』初演のときで、ふたりはたちまち意気投合し、サルトルは有名な「『異邦人』解説」を書いて四三年二月に発表し、これがのちのこの小説の世界的名声の確立に大いに貢献した。

四四年八月、パリがドイツの占領から解放されたとき、地下出版のレジスタンスの機関紙だった《コンバ》が公然と発行されることになり、カミュはその編集長であると同時に『異邦人』の作者として知られることになって、一時のフランス国内ではおそらくサルトル以上に名声が高まった。サルトルが初めてアメリカに行くことができたのは、カミュの計らいによる、《コンバ》紙の特派員としてであった。ただ間もなく国内の政治体制、また米ソの冷戦をめぐって、ふたりは徐々に異なった態度を取るようになり、とくに共産党との関係では、カミュがとっくに縁を切っていたのに反して、サルトルのほうはフランス国内の労働者の「希望」であり、「社会主義の祖国」たるソ連の実態に目をつぶり、入党はしないものの、やがて共産党の「同伴者」になっていった。これがカミュの目には、「つねに歴史の方向に安楽椅子を置く」ずるい選択だと見えたのである。だから、『反抗的人間』を機とするふたりの訣別と絶交は必然的なものであった。むろん、ハイデガーとシャールのように、政治的対立を超える友情はいつ、どこでもありうるが、当時の冷戦を内面化したイデオロギー状況ではそれは不可能な話だった。

カミュはフランソワ・モーリヤック、アンドレ・ブルトンその他と多くの論争をおこなったが、サルトルとの論争ほど、カミュに強い衝撃をあたえたものはなかった。先に引いた一文の「実存主義」というのはサルトルとその取り巻きたちのことだが、「改悛した判事」というのはブルジョワもしくはプチ・ブルジョワ出身の知識人がみずからの特権を恥じて自己批判し、プロレタリアートの味方になったとき、必ずじぶんたちと同じように自己批判し、自責しない者たちをことさら激しく非難するといったような事態を言ったものである。これはアウグスティヌス以来よく知られた心理＝真理であり、おのれの改悛が他者を裁く強固な根拠になるということだ。『手帖Ⅷ』には、これ以外にもこんな記載がある。

《レ・タン・モデルヌ》誌との論争。卑劣な振舞い。彼らの唯一の弁解は恐るべき時代のうちに見つけられる。結局のところ、彼らのうちの何かが隷従を熱望しているのだ。彼らは思索にみちた、何かしら高尚な道からそこにいたることを夢見た。しかし、隷従に向かう王道というものはない。あるのはいんちき、侮辱、兄弟の密告なのだ。（『手帖Ⅶ』）

さらにトクヴィルを読みながら、「これらの精神は、隷従への好みを美徳の成分の一種にしているようだ」という文句を見つけ、「これをサルトルと進歩主義者たちに適用すべき」とも記している。つまり、サルトル的な左翼インテリは必要以上に卑下してどこか胡散臭く、要するにスターリン的全体主義、もっと言えば不当に神格化された〈歴史〉に隷従していると感じられたということだろう。

もうひとつの違いは、カミュが若いころにフランス共産党の体質にいささかふれ、共産党がひた隠しにしていたソ連の収容所体制の実態について、ヴィクトール・セルジュ、ニコラ・イヴァノヴィッチ・ラザレヴィッチ、あるいはアーサー・ケストラーらの友人、さらにチェスラウ・ミウォシュら東欧からの亡命知識人をとおして確かな知識をえていたのに反して、サルトルのほうは共産党の「同伴者」としてそのことを信じようとはせず、無視しつづけたことにあった。だが、フランスにおけるソルジェニーツィン・ショックは七〇年代のことで、五〇年代にはまだカミュの主張は半信半疑でうけとられたにすぎない。そのため、この論争で敗者と見なされた彼がこれまでになかったほど深く傷ついたことも事実であり、じっさいこの後しばらく、新たな本を執筆する意欲がなくなり、しばしスランプの時期を送ることになる。

†

ひとを裁けば、ただちにじぶんに跳ね返ってくるのだから、他人を裁く権利をうるには、まずじぶん自身を糾弾する必要がある。どんな判事もいつかは改悛者になるのだから、その道を逆にたどり、最後に判事になれるようにまず改悛者を職業とする必要があったのです。

（『転落』）

カミュは一九五三年ごろから、いずれ『追放と王国』として刊行されることになる短編をいくつか書き出していたが、五六年に出版された『転落』もそのひとつだった。ただ五五年に数週間で一気に書かれたという、この中編小説は結果的に、内容からいっても長さからいっても、むしろ単独で出版すべきだと判断された。この作品はまず、先の『手帖』にあった「改悛した判事たち」という言い方でわかるように、サルトルとの論争の残響をはっきりととどめている。

カミュはいくつものハンディキャップにもかかわらず、一九四四年八月以降の数年間、三〇歳そこそこの若さで時代の寵児としてもてはやされ、おそらく生涯の絶頂期にあった。ところが、みずからの全身全霊を傾けてようやく仕上げた『反抗的人間』をめぐって、身内と見なしていたサルトルとその取り巻きたちから、まったく予想外の容赦ない批判をうけた。その批判は想定内だったイデオロギー的、政治的な次元にとどまらず、「哲学の素養」がないとか、「生まれつきの虚勢」「理由のない思い上がり」が見られるとか、「きみが実現した均衡は、ただひとりの人間において、ほんの一瞬、ただ一回だけ生じうるものだった。……事件によって養われているかぎり、現実的で、生き生きしたきみの人格は蜃気楼になってしまった。一九四四年には、きみの人格は未来であった。一九五二年には、それは過去である」などといったふうに人格攻撃にまで及ぶものだった。当時のカミュにとっては、ほとんど立つ瀬がないといったくらいの予想外の厳しい糾弾であり、大いに矜持を傷つけられる出来事だった。

ところがカミュは、もともと「名誉は貧者の最後の贅沢だ」と信じ、「人間にもっとも耐えがたいのは裁かれることだ」と考えて生きてきた人間だった。その彼がサルトルらの遠慮会釈のない一方的な批判を浴びて打撃をうけ、なんとしても反論しなければと思ったのも当然だった。しかしサルトルはすでに、きみがなんと言ってこようが、今後じぶんはいっさい答えないと通告して、論争にもほぼ一〇年近い友情にも終止符を打ってしまっていた。

だから『転落』はまず、カミュのサルトルへの想像上の反論として構想されたと見てさしつかえないわけだが、彼は「考え、思いだし、あるいは発見するのは私ではなく、ペンなのだ」、あるいは「作家は観念ではなく、言葉にしたがって書く」を信条とする作家だった。そのため執筆しながら、当初の構想を何度も変え、その結果、書かれた内容はサルトル的実存主義者への批判にとどまらず、彼自身の自己懐疑、自己批判、さらには五〇年代の同時代人の精神史的考察にまでふくらむことになった。『転落』の原稿を検討したロジェ・キーヨによれば、サルトル批判と思われる箇所は相当数あったが、決定稿では大幅に削除されるか、脚色されたという。これはカミュが真の作家だったという何よりの証拠だろう。彼はモデル小説、あるいは問題小説を安易に書くような作家ではなかったのだ。

『転落』の作品モデルとしては従来、カミュが若いころから傾倒し、晩年には脚色までしたドストエフスキーの『悪霊』中の「スタヴローギンの告白」、あるいはジッドが高く評価した初期の傑作、『地下生活者の手記』などが指摘されている。その想定はある意味で当然であり、いずれもひとりの罪人、悪人、あるいは変人がみずからの恥ずべき社会的な行状、思想、罪状を赤裸々に告白するという一人称形式の小説だからである。

だが、ドストエフスキーの二作では主人公（より正確には、アンチヒーロー）が事実もしくは真実を述べるのに反して、『転落』のジャン・バチスト・クラマンス——福音書では、「砂漠で叫ぶ（クラマンス）洗礼者ヨハネ（ジャン・バチスト）」と名乗る人物――は、名前からしていかがわしく、彼が雄弁に語る身の上話もどこか真実味が欠け、曖昧で、およそ誠実なものとは思えない。ブランショはこれを「侮蔑的な告白」と的確に形容したが、じっさいクランマンスの告白、あるいは告白のパロディは、「あるクレタ人が、すべてのクレタ人は嘘つきだと言った」が、このクレタ人の言葉は真実か嘘かというような逆説の類で、どこまでが事実もしくは真実なのか、どこからが嘘なのか、読者にはまったく分からないのだ。

おまけにクラマンスは、「嘘は結局、真実への道にひとを導いてくれるのではないですか？だから、私の話が真実であれ虚偽であれ、いずれも同じ目的に向かい、同じ意味をもつのではないですか？　それが真実であろうと虚偽であろうと、どちらでもかまわないのです。もし、どのみち私の過去と現在の生活とを表すものなら」と言って開き直るのだから、読者としてはなんとも釈然とせず、肩すかしをくらったような思いさえする。それでも一応クラマンスの「転落」――原語の chute は、福音書的には、たとえば「アダムの堕落」というように訳されるから、「堕落」としたほうがよいかもしれない――の顚末の大略を見ておかないことには話は先に進まない。

舞台はアムステルダムのユダヤ人街の、とあるバー《メキシコシティ》、ひとりの客クラマンスが、ゴリラ氏と呼ばれる店主に注文しようとするのだが、言葉が通じずに困っているフランス人に通訳の労をとろうと申し出る。これをきっかけにふたりはジンを飲みながら会話をはじめるが、観衆（読者）に聞こえるのはもっぱらクラマンスの話だけで、相手の言動はクラマンスがそれを取り上げて、口に出す場合にかぎられる。このクラマンスというのは四〇ばかりの男で、自在に福音書の引用をするなどかなり教養のありそうな人物である。彼は自己紹介して、名前をジャン・バチスト・クラマンスと言い、かつてパリで弁護士をしていたが、事情があって数年まえにここアムステルダムにきて、今は「改悛した判事」になりはてていると打ち明ける。ただ彼はその告白を、一気にではなく、街路を歩いたり、観光地マルケン島を案内したり、自宅に招いたりして場所を変え、相手の気を惹き、焦らしたりなどしながら五日間かけて小出しにする。

パリの弁護士時代のクラマンスは世間によく知られ、清廉潔白で、好んで寡婦や孤児たちの弁護を引きうけ、他人に喜ばれることならなんでも進んでできることに幸福を感じるあまり、「美徳が美徳そのものによってしか養われていないあの頂点」に達し、「制裁も処罰も免れ、楽園の光を浴びながら君臨」していた。むろん、女たちに不自由することも知らず、彼の自己愛は完全に充たされていた。ところが、ある美しい秋の夜、セーヌ川のアール橋をわたってからタバコに火をつけようとしたとき、背後で笑い声がした。びっくりして振り向くがだれもいない。だが、その得体のしれない笑い声を聞いてからというもの、いったいだれの笑い声だったのかとずっと気になり、あれこれ思案した果てに、あれはだれかのものではなく、じぶんでじぶんを笑う声だったことに気づいた。

これ以来、それまでの「成功した人生」の美しい調和は破れ、今まで隠されていた裏面が見えるようになり、それとともにさまざまな忌まわしい記憶がよみがえってくるようになった。充たされた自己愛が何かのきっかけで急に自己懐疑、さらには自己嫌悪へと変じてゆくという経験はだれにでも多少はあるだろう。

クラマンスの場合、「記憶の中心」にあるのはじぶんの笑い声を聞いた二、三年まえにあったこんな出来事だった。一一月のある晩、ロワイヤル橋をわたっていたとき、若い女がセーヌ川に身投げして、そのすさまじい叫び声が何度も夜の静けさを破りつつ、やがて下流のほうに消えていった。そのとき彼は「一刻も早く、何とかしなければと思いながら、どうにもならない弱さが身体中に広がるのを感じた。じぶんがそこで何を考えていたのかは憶えていない。きっと〈手遅れだ、手遅れだ……〉とか、なにかそれに似たようなことを考えていたのでしょう。それでもずっと耳を傾けていましたが、やがて雨の中をさっさと立ち去りました。私はだれにもそのことを知らせませんでした」と、じぶんの取り返しのつかない卑劣さを打ち明け、それとともに深い自己懐疑のスパイラルにはまっていった経緯を語る。

深刻な自己懐疑のスパイラルのなかで、クラマンスはアール橋で聞いた笑い声はじぶんのものだけではなく、じつはまわりの他者たちの笑い声でもあったのではないかと疑いはじめ、こう気づくことになる。「四方八方から裁きやら、矢や嘲笑がわが身に降りかかっているのに、私は長いあいだ気もつかずに、にこにこし、なにもかも丸く納まっていると思いこんで暮らしてきた。私がはっとして、真相がわかったとなると、今度は一度にあらゆる傷手を負わされて、一挙に力が抜けてしまった。すると全宇宙が私のまわりで笑いはじめたのです」（このあたりに、サルトルらからうけた屈辱感が見えかくれしている）。

このように他人から裁かれ、笑いものにされているのではないかという不安と辛い意識に苛まれているうちに、彼はやがてみずからの否定しがたい二重性、つまり偽善性を認めざるをえなくなった。そこで、本当に他人たちから裁かれ、笑われることになるまえに先手を打ち、放蕩その他、ひとの顰蹙を買うような露悪的な振舞いを重ね、わざとみずからの評判を落としていくことで精神の深刻な危機を乗り越え、忘れ去ろうとした。そしてようやくそのことに成功し、全快祝いに、ある女を誘って太平洋へと旅に出た。ところがある日、甲板に立ち、海を眺めていると、はるか向こうの海にひとつの黒い点が見えて、ぎくりとした。とっさにそれが投身自殺者だと思い、こう考えたのだ。「まえまえから本当だと思っていた考えをついにうけいれることがよくあるように、私はじたばたしないでこう納得したのです。……あれは海だろうが川だろうが、要するに私の洗礼の苦い水があるところならどこにでもいて、私を待ちつづけるだろう、と」。つまりクラマンスは潔白を永久に失い、おのれの有罪が最終的なものであり、以後はじぶんの「苦難」を甘受するしかないと知るのである。

だが、どんな人間も永遠の「苦難」に耐えられるものではない。そこで彼は謎めいた「改悛した判事」という職業に転向したのだが、その仕事とは、「できるだけ多くの人前で恥ずべき告白をし、縦横にじぶんを糾弾して見せる」ことからはじめ、やがて徐々に「私」から「私たち」へと主語を移動させながら、じぶんの経験も他人の経験も混ぜ合わせて、「万人の肖像であり、同時にだれの肖像でもないひとつの肖像をでっちあげ、〈やれやれ、これがわたしという人間なんです〉と嘆いてみせる」。そしてこの肖像を、多少なりとも後ろめたいこと、卑劣なこと、罪深いことを隠しているはずの同時代の者たちにさしだす。すると、この肖像が鏡のような役割を果たし、相手にも何かしら思い当たるふしがあるので、「じつは、私にも……」といったふうに反応するに違いない。そんなふうにじぶんが鏡になってしまえば、自他の立場が一挙に逆転し、じぶんを糾弾すればするほど逆に他者たる同類を裁くことができるようになり、じぶんのほうはだれにも裁かれないことになるというのである。

さらにじぶんの罪過の上塗りをするように、戦後チュニスの捕虜収容所にいたとき、暑さのあまり、死の床にあった仲間の水を飲んでしまったが、そのことを、じぶんが引きうけた収容所内の秩序を維持するという責任は大きいのだから、じぶんの生命は他の者たちの生命よりも貴重なのだと考えて正当化し、「ねえ、帝国とか教会などは、こういうふうに死の太陽の下に生まれるんですよ」と挑発的にうそぶいてみせる。そのあと、相手もパリで弁護士をしている同業者だとわかると、今度は相手に告白をさせようとするふりをして、こう言う。

さあさあ、話しなさい、セーヌの左岸で、ある夕方、あなたの身に何がふりかかったか、そしてどうやってあなたの生命を危険にさらさずにすむようにやってのけたか。あなた自身の口から言ってしまいなさい、ほら、あの言葉、何年来私の耳のなかで夜な夜な鳴り響きつづけた言葉を。ああ、ついに私はあなたの口をとおして言うんだ、〈おお、娘よ、もう一度水に身を投げてくれ！　そうすれば今度こそ私たちふたりを救えるかもしれない！〉今度こそ、さあ、どうですかね？　なんて軽率な！　ちょっと、先生、考えてごらんなさいよ、これが言葉通りにうけとられたら？　どうしてもやらなきゃいけないでしょう、うわあーっ！　水は冷たいぞ！　しかし心配ご無用！　今じゃ手遅れだ。これから先だってずっと手遅れですよ。ありがたいことに！

（同前）

これがクラマンスの告白の最後の台詞だが、いかにもシニカルな幕切れであり、このような身も蓋もないフィナーレに読者は戸惑い、途方に暮れるに違いない。カミュの作品のなかでもこのような不真面目な文体の類例はない。作者は何を言い、何を伝えたかったのか？　あるいは最初から伝えたいことなど何もなかったのか？　まったく謎である。そこで、これはカミュなりのヌーヴォー・ロマンだと言う者もいれば、この作品の題名、主人公の名前、さらには作中、イエス・キリストその他福音書への言及が何度もあることから、救いようのないクラマンスの孤独のうちに作者カミュの近い改宗を予感する者もいた。

だが、生前のカミュ自身はそのいずれをも明快に否定し、「私の作品はすべてイロニックなものなのだ」と『手帖Ⅷ』で言っている。またカミュは、じぶんをふくむ現代の知識人にとってシニスムがたえざる誘惑だとも言うが、ここで一度だけ、シニスムの誘惑に全面的に屈してみようとしたのだろうか。あるいは、フランスのモラリストたちの文学を好んだ彼は、ラ・ロシュフコーが、「自己愛が敗北し、われわれが自己愛から解放されたと思う時でさえ、われわれは己の敗北そのものにおいて勝ち誇る自己愛を再び見いだす」と言っている、このような逆さの自己愛を、どんな惨めな状況でも自己正当化してやまないクラマンスの「転落」に見ていたのだろうか。だが、いずれにしろ皮肉で冷笑的なものに真面目な真実を求めても無駄というものだから、これは例のクレタ人の嘘のように真偽がまったく決定不可能だと認める他はない。ただここでは少なくとも、だれしも必ずしも無縁ではない人間の自己欺瞞の諸相を、これほど犀利に描出した小説はめったにないとだけは言っておこう。

たとえば、私は首を斬られるかもしれない。そうすれば私はもう死を恐れる必要もなくなり、救われることになる。集まった人びとの頭上にまだ生々しい私の首を掲げてやってくださいよ。彼らがそこにじぶんの姿を認め、もう一度私が彼らを支配できるようにするために。万事が終了し、私は見られることも知られることもなく、荒野に呼ばわり、そこから出ることを拒む偽預言者の生涯を終えることになるでしょう。（同前）

†

これはクラマンスが、先述の身も蓋もない最後の捨て台詞のまえに、もしかしてあなたは警官ではないかと話し相手に尋ね、もしそうなら、ちょうど都合がいい、じぶんを逮捕して当局に突きだしてもらいたい、なぜならじぶんは盗難にあって行方不明になったファン・アイクの有名な祭壇画「神秘の子羊」の一枚を戸棚に隠匿している立派な犯罪者なのだから、と言ったあとの言葉である。むろん、これはクラマンスの自作自演の虚構の犯罪であり、またこの程度の犯罪でじっさいに死刑になるわけはない。それでも、この部分をあえて取りあげたのはふたつの理由による。

まず、このような死刑願望というべきものが、『異邦人』のムルソーにも見られたということだ。死刑判決をうけたムルソーは牢獄のなかで、なんとかじぶんの死をうけいれようと努力するが、みずからの罪を認めて改悛するよう執拗に勧める司祭にたいして怒りをぶちまけたあと、こんなふうに述べる。

まるであの大きな怒りがおれの罪を洗い清め、希望を取り除いてくれたとでもいうように、徴（しるし）と星でいっぱいのこの夜をまえにして、おれは初めて世界のやさしい無関心に心を開いた。世界をじぶんと同じような、兄弟のようなものだと知ると、おれはじぶんが幸福だったし、今も幸福だと感じた。すべてが終わりになり、おれが孤独でないと感じるためには、処刑の日に大勢の見物人がいて、憎しみの叫び声でおれを迎えてくれることを願うだけでよかった。

（『異邦人』）

クラマンスもムルソーも、衆人環視のなかで死刑によって人生を終えることを願っている。だが、この願いは『異邦人』の場合は直説法で書かれ、実現可能なものとして想像されているのに反して、『転落』の場合には仮定法で書かれ、実現が疑わしいものとして提示されている。前者の願いは真摯なものだが、後者の願いは偽預言者の自嘲、自虐としか考えられない。この点に注目したのはルネ・ジラールであり、この文芸批評家、思想家は「『異邦人』の新たな裁判のために」と題する論文のなかで、その違いは『転落』が『異邦人』の作者カミュの自己批判として書かれたことによるという。どんな自己批判か？

ムルソーとクランマンスは、ドストエフスキーの『地下生活者の手記』の主人公と同じく、じぶんと社会との関係を、「おれはひとりきりなのに、連中はグルになっている」というふうに自己中心的に考え、おのれの高貴な孤立がまわりの凡庸な社会にたいして優位に立つはずだと信じている。このような唯我独尊的な態度は、世間にいれられずに自殺する青年詩人を題材にしたアルフレッド・ド・ヴィニーの戯曲『チャタートン』の主人公に典型的に見られるロマン主義者の態度である。むろん二〇世紀になるとこのロマン主義的神話も民主化され、堕落した形態のものになる。そしてムルソーは一見その特徴が見えないくらいに民主化され、堕落した形態のロマン主義者なのだ。

というのも、ロマン主義者とはひとりになりたいのではなく、ひとりであるじぶんをひとに見てもらいたい人間だからである。彼は孤独なのではなく、みずからの孤独を他人に見せびらかしたい、したがって意識的か無意識的かを問わず、おのれの自己欺瞞に気づかない人間なのだ。ムルソーの最後の願いもまた、「処刑の日に大勢の見物人がいて、憎しみの叫び声でおれを迎えてくれる」ことである。

これにたいして、クラマンスはたしかにムルソーと同じ最後を願うが、それはセーヌ川でもう一度投身自殺してくれる娘などいないのと同じように、じっさいに死刑に処されることはないことを承知のうえの一時的なジョークにすぎない。つまり、同じような重大なテーマを扱いながら、シニックな『転落』の作者は真面目くさった『異邦人』の著者をまるで嘲笑しているかのようなのだ。このような嘲笑が可能になったのは、秘かにロマン主義者だったカミュが、その後「ロマン主義の嘘」に気づき、自己批判して「小説の真実」に「回心」したからだとジラールは言い、カミュが一九五七年にノーベル賞を受賞したときの講演の一節を引いて、その傍証としている。

商業社会で生まれた呪われた詩人というテーマ（チャタートンはそのもっとも見事な事例）は強固になって偏見となり、この偏見はついに、どのようなものであれ、その時代の社会に反対することによってしか偉大な芸術家になれないとまで望みます。芸術家は金銭の世界には妥協できないとする、起源にあっては正当だったこの原則も、芸術家は万物全般に反対することによってしか自己を確立できないという結論を導き出すときになると虚偽になるのです。

（『スウェーデン講演』）

以前、ジラールのこの批評を読んだとき、私はいたく感心し、しばらく彼の著作を集中的に読み、『個人の行方――ルネ・ジラールと現代社会』(大修館書店、二〇〇二年)と題するモノグラフィさえ書いたものだった。今改めて考えてみると、彼のロマン主義批判は依然として妥当なものとしてとどまるとしても、あまりに若いときから「若気のいたり」といったことも知らぬげに妙に悟り済ましている人間もまた味気なく、人生の冒険をおこなわせるのに不可欠な多少のロマン主義は、過度にならないかぎり、許容されるべきだと思われる。だから、カミュの控えめなロマン主義的傾向にそう目くじらを立てるにはおよばないが、それでも『転落』を『異邦人』批判、つまりカミュの自己批判だというジラールの読解は独創的なものである。

つぎに、『転落』できわめて重要な役割をはたすファン・アイクの祭壇画「神秘の子羊」のパネル「清廉な判事たち」について。クラマンスは冒頭からいかにもいわくありげにこの絵のことを暗示し、最後にそのパネルを戸棚から引き出して話し相手に見せびらかす。しかしなんの絵か分からないという相手に、「新聞を読んでいたら、だれでも知っている」はずだと言いながら、これは一九三四年にベルギーのガンにある聖バヴォン大聖堂から盗み出されたもので、現在人びとが大聖堂で崇めているのは精巧なその模写だと説明する。そして実物は盗賊から〈メキシコシティ〉の主人にわたり、そのあとじぶんが預かっているのだと話し、これこそ「潔白」を失い、「偽の判事」たちの正義に支配されている現代人にふさわしい象徴的なエピソードではないかと言いながら、「正義は私の戸棚のなかに、潔白は十字架上にと、両者が決定的に別れてしまった以上、私はじぶんの信じるところにしたがって自由に活動できる」と称して、「改悛した判事」という仕事を正当化する。つまり不完全な「神秘の子羊」が暗示する「正義」と「潔白」との分離という確信が、「凡庸な時代のうつろな預言者」クラマンスの存在理由になっているのだ。

ただ私はかねがね、なぜカミュが他でもなく、まさしくこの「神秘の子羊」の挿話を選んだのかを疑問に思っていた。そこで、もう半世紀近くまえになるが、パリの国立図書館でカミュが編集長だった時代の《コンバ》紙のバックナンバーを調べていたとき、一九四四年九月六日付けの一面にこの絵の複製が大きく掲載されているのを見て、思わず息を呑んだものだ。記事の内容はほぼこういうものだった。四〇年五月、ナチスの侵入を恐れたベルギー政府はこの祭壇画の安全を期し、その保管を秘かにフランス政府に依頼した。当時のフランス政府は承諾し、ポー近くのある城に隠していた。しかし、これを知ったドイツ政府の度重なる圧力に屈した協力派のヴィシー政府は、極秘のうちにこの絵をナチス高官に引き渡していた。《コンバ》紙は、このスキャンダルを一連の対独協力派粛清のキャンペーンに利用していたのである。したがって、《コンバ》紙の編集長カミュにとって、「神秘の子羊」は粛清裁判とは切り離せないものだった。つまり彼はここでも間接的な殺人にかかわったのだ。先に私はパリ解放後のカミュがこの粛清を主張したことで、青年時代の「無垢」を失い、それとともにみずからの「正義」の観念を再検討せざるをえなかったと述べた。だから、「清廉潔白な判事」の「改悛した判事」への転落は、ジラールとは別の意味でカミュの秘かな自己批判、自己懲罰でもあったのだ。

第三章　歴史とテロ

1 ノーベル賞

†

宗教もしくは政治の予言者は絶対的に裁くことができ、じっさい遠慮なく裁いています。しかし、芸術家はそうはできません。もし絶対的に裁くなら、善と悪だけのニュアンスのない現実をわかちもつことになり、メロドラマをつくることになるでしょう。ところが芸術の目的は何かを制定したり、君臨したりすることではなく、まず理解することです。ときに君臨することがあっても、それは理解することによってなのです。どんな天才的な作品も憎悪と軽蔑に基づいていたためしはありません。だからこそ芸術家は、その歩みの果てに断罪するのではなく、許すのです。

（『スウェーデン講演』）

カミュは思いがけず一九五七年一〇月一六日、「こんにち、人間の良心に提起される諸問題を透徹した真摯さで解明する重要な文学作品」によってノーベル文学賞を授与された。四四歳という史上二番目に若い年齢での受賞だった。彼の最初の反応は、「重圧と憂愁が入り混じった奇妙な感情」であり、「頼んだわけでもないのに、わが身に起こったことに驚愕した」という。グルニエやシャールなどの友人たちは心から祝福してくれたが、「若くして作家生命の終わった作家」だとか、「近年の反動的な言動が、保守的なスウェーデン・アカデミーに気に入られたのだ」といった非難が多く、ひどく心を痛めた。それでもロジェ・マルタン・デュ・ガールの懇切丁寧な教示をうけて、一二月一〇日に公式講演、一三日の学生たちと対話集会、さらに一四日にはウプサラ大学で記念講演「芸術家とその時代」をおこなった。引用はその記念講演の一節である。

みずからを小説家、作家、知識人ではなく、芸術家と言うのはカミュの好みで、「芸術」というときに語るのはじっさいには小説のことである。ここで彼が言っているのは、作者に絶対的な公平さを求めるルネ・ジラール流の非ロマン主義的な小説家論に近いことだが、先に引いたヴィニーのチャタートンのことを述べた箇所もここにある。小説家はだれをも性急に裁くのではなく、まず理解する人間でなければならない。これと同じことを一〇日のノーベル賞受諾演説でも明言している。

芸術は孤独な享楽ではなく、共通の苦しみや悦びの特権的なイメージをさしだすことによって最大数の人間を感動させる手段です。だから芸術は芸術家に孤立してはならないという義務を課すのです。それは彼をもっとも慎ましく普遍的な真理に服従させます。だから、じぶんは他者と違っていると感じて芸術家の道を選ぶひとがよくいますが、そのひとはじぶんと他者との類似を認めることによってしかみずからの芸術と差異とをはぐくむことができないと、たちまち知るにいたるのです。じぶんと他者との往復運動のなか、なしにすますことができない美と、身を引き離すことができない共同体との中間で、じぶんをつくりだす。だからこそ、真の芸術家は何も軽蔑せず、裁くのではなく理解することをおのれに課すのです。　（同前）

してみると、たしかにジラールが見ぬいたように、カミュには『転落』を書くまえ、もしくはこの小説を執筆しているうちに、唯我独尊的ロマン主義からの、なにかしらの「回心」があったのではないかと思えてくる。まるで聖パウロの「すべて人を審く者よ、汝言い遁れる術なし、ほかの人を審くは、正しくおのれを罰するなり。人を審く汝もみずから同じことを行えばなり」（『ローマ人への手紙』二章一節）に深く耳を傾けることがあったかのように。

小説においては他人を裁かずに、理解せよ。このような小説観は、絶対的な唯一の真理ではなく、複数の真実を認め、「だれもが正しくはないし、だれしもが必ずしも間違っているわけでもない相対性のカーニヴァル」としての小説というミラン・クンデラの信念を思わせる。ただ、理解するまえに断罪するという人間の宿痾を警戒し、憎悪と軽蔑を排するという姿勢は共通するものの、時代の政治とは最大限の距離を置くクンデラと違って、カミュはこの講演で、作家の高貴さは、「知っていることについて嘘をつくことの拒否と、圧政への抵抗というふたつの誓約に根をもっている」と言い、作家の社会的使命を肯定している。そして、それぞれの世代は世界を創りなおす使命があると信じるが、数百万単位の虐殺を招いたふたつの世界大戦、ナチズムを経験したじぶんたちの世代の作家の使命は、せめて「世界が解体しないように努め」、人間が「生きて死んでいくことの尊厳をいくばくかなりとも復活させる」ことだと述べている。

また、この講演には自由を奪われた東側の作家たちのこと、真実が隠されている共産主義体制などへの暗示、社会主義的リアリズム批判もあり、かなり政治の影がさしていることも否めない。もっともこれは当時の抗しがたい世界的な趨勢であり、わが国でも「政治と文学」をめぐる論争がさかんになされていた。

ちなみに、私は直接ミラン・クンデラに、カミュのことをどう評価しているかと尋ねたことがある。彼には三度ほど短くカミュに言及したテクストがあるからだ。クンデラはミウォシュと同じく、反共産主義的な左翼知識人としてカミュを讃えるものの、小説家としてのカミュはヘルマン・ブロッホやウィトルド・ゴンブローヴィッチ以上には高く買えないという返事だった。

私はつねにテロを非難してきました。だから、たとえばアルジェの街路で無差別におこなわれ、いつの日か私の母親もしくは家族の者にふりかかるかもしれないテロをも非難しなければなりません。私は正義を信じます。しかし私は、正義のまえにじぶんの母親を護るでしょう。

（『プレイヤード版カミュ全集Ⅳ』）

†

これは一三日のストックホルムの学生たちとの対話集会で、ひとりのアルジェリア人学生が、東側の作家たちのためのアピールには好んで署名するくせに、アルジェリア問題で沈黙するのはおかしい、とカミュにたいしてきわめて挑発的な詰問をおこなったときの返事である。このまえに彼は、「今このときも、アルジェの市電に爆弾が投げこまれていますす。私の母親が市電のひとつに乗っているかもしれない。もしそれが正義なら、私は母親のほうを選ぶ」とも言っていた。つまり、彼はテロを正義とは見なさない、また時代と場所によってさまざまに変わりうる抽象的な正義よりも、具体的な母親の命を護りたいと、ごく当然なことを言ったにすぎない。アルジェリアでは母親は聖なる存在として敬われる風習があるらしく、二〇年近く政権の座にある独裁者のアルジェリア大統領ブーテフリカでさえ、「もし私がカミュの立場だったら、同じことを言っていただろう」と認めたことがある。

ところが、ただひとりその場にいた《ル・モンド》紙の特派員がこの発言をかなり不正確に報じ、「正義と母親のあいだで、私は母親を選ぶ」と要約して伝えた。そしてこの不幸な文句が、カミュ・バッシングというべき大変な騒ぎをフランス国内外で引き起こすことになった。

正義という抽象と母親という具体を比較することにもともと無理があり、カミュの言葉のコンテクストを考えれば、彼は正義を犠牲にしてでも母親を護りたいという単純な考えを述べたわけではない。彼は戦前からアラブ人の尊厳のために闘い、アルジェリア政府から国外追放をうけた最初のフランス人であり、ノーベル賞授賞式でもわざわざ「祖国の絶え間ない不幸」のことに言及し、「アルジェリアのフランス人作家」を選んでもらったことに謝意を表している。しかし、およそインテリたるもの公然と母親と正義とを同列に置き、正義よりも母親を選ぶなどとは怪しからぬとか、「彼は手袋をはめ、頭に帽子をかぶったまま、初めてサロンに入る庶民出の臆病な男のようだ。他の招待客たちは顔をそむけ、相手がどんな人間かを知る」といったふうに、知的な礼儀作法がなっていないと見なされた。このことはカミュも『最初の人間』で、「彼らが、彼の何を嫌ったかといえば、それはアルジェリア気質だった」と書くとおり承知していた。

フランス語には北アフリカ（とくにアルジェリア）出身のフランス人を指す「ピエ・ノワール（黒い足）」という言葉があり、やや軽蔑気味に使って差別するが、カミュはその典型と見なされたのだろう。ましてこの時期、後述するようにアルジェリア戦争が激化していただけに、ピエ・ノワールのぽっと出のノーベル賞受賞者は、本国の少なからぬフランス人にとって、イデオロギー的な理由とは別に、国際的な栄光よりもむしろ恥辱のシンボル、人類学でいうところの「有徴の存在」、恰好のスケープゴートのような両義的な存在だったのだろう。

ただ、スウェーデン・アカデミーとしては、ちょうどよいときにカミュを顕彰したと言っておく必要がある。なぜなら、彼はこの三年後に死ぬのであり、ある意味ではギリギリのタイミングだったからだ。また、この外国の文学賞の受賞が、彼にそれなりの自信を回復させたのも容易に理解できることであり、じっさい翌年から書きかけの小説『最初の人間』の執筆に没頭できる精神的な余裕をえたのである。

なお、スウェーデンで彼を挑発したのはサイード・ケサルという名のアラブ人で、アルジェリア民族解放戦線ＦＮＬのメンバーだったが、後年カミュが交通事故死すると、ルルマランの墓に赴いて献花したという。

ひとりの人間の殺害を禁じることは、社会と国家が絶対的な価値ではないと公的に布告すること、最終的な立法をするとか、取り返しのつかない結果をもたらすことを許すものは何もないと公布することになるだろう。

（『ギロチン考』）

†

これはカミュがノーベル賞を受賞する半年まえに上梓した死刑廃止論『ギロチン考』（一九五七年）の結びの言葉である。この論考は、みずからの父親が、ある農場主の一家を三人の子供もろとも殺害した憎むべき犯人の最期を見届けようと、ある早朝、生涯初めて死刑執行に立ちあいに出かけたという話からはじまる。残忍な死刑囚に憤慨していた父親は、じっさいの斬首の残酷さに衝撃をうけ、顔面蒼白になって帰宅した。それからしばらくして突然嘔吐し、以後死刑執行のことを二度と口にしなくなったという。これと同じエピソードは、『異邦人』にも『最初の人間』にも出てくる。『ペスト』のタルーも、みずからの父親が検事としてある被告に死刑を要求する姿を見て衝撃をうけ、その後ハンガリーで何人もの捕虜が銃殺されるのを目撃したという話をする。

このようにカミュの作品ではまるでひとつの固定観念のように、しばしば死刑、処刑のことが問題にされる。彼は小説や記事でたびたびこの問題を取り上げたが、ここではその持論がまとめて展開されている。なお、この時期にはアルジェリアやソ連、東欧諸国、あるいは中国など世界の多くの国々で政治犯の絞首刑が堂々となされていたことを指摘しておく。

カミュの死刑廃止論の論拠になっているのは、まず死刑擁護論者の言う見せしめ、つまり死刑には犯罪抑止の効果があるということは論証不可能であること。その証拠に何か恥ずべきことのように、どこでも死刑執行は人目につかないようにこっそり実行される。つぎに、目には目を、歯には歯を、といった古来の同等の刑という考えがあるが、これはある意味で自然な感情からくるとはいえ、法律はそもそも自然と同じ法則には従いえないものであり、自然を模倣するためではなく、自然を矯正するためにあるのだ。それゆえ同等の刑はたんに自然の衝動に法律の力をあたえる、野蛮な報復にすぎなくなる。そして最後に、どれだけ真剣に審理しようと、人間は無謬ではないのだから誤審、冤罪を完全に避けることはできない。だから、つねに相対的なものである罪に、最終的で取り返しのつかない絶対的な罰をあたえることはできないというものである。

カミュは豊富な情報、証言、数値をまじえ、この三点を論拠として死刑廃止論を展開しているが、これは一〇〇年以上まえにユゴーが、『死刑囚最後の日』の序文で唱えている主張にやや似ている。ユゴーはヨーロッパ共和国の憲法第一条に死刑廃止を置くべきだと言っていたが、カミュもまた明日の統一ヨーロッパの刑法第一条に死刑廃止を書き込むべきだと述べている。

また、ユゴーはフランス国内のみならず、イタリア、スイス、アメリカ、メキシコなど外国における政治犯の死刑囚助命の働きかけをおこなったが、カミュはそれ以上にスペイン、ギリシャ、ハンガリー、イランなどの死刑囚の恩赦、減刑の請願をおこない、アルジェリア戦争の時期には約一五〇件もの介入をして、減刑もしくは釈放を勝ち得たという。

なお、ヨーロッパ各国に比べ、フランスではかなり遅くまで死刑制度が存続したが、一九八一年、ミッテラン政権下の法務大臣ロベール・バダンテールの尽力でようやく廃止された。バダンテールはこの問題提起の文学的先駆者として、しばしばユゴーとカミュの名前を引きあいに出している。そして今や、死刑制度を維持する国はEUに参加する資格がないまでになっている。この点でも、全盛期のイデオロギー――ソルジェニーツィンが指摘したように、マクベスを煩悶させた殺人は一〇人程度にすぎないが、その何千、何万倍もの間接的な殺害に力をかすイデオロギー――を敢然と退け、「少なくとも身体を救う」という「基本的な事柄」を訴えたカミュの先駆性を認めるべきだろう。

2　アルジェリアの悲劇

†

私は少なくとも、久しい以前から、アラブ人たちの悲惨を知らせようとしてきた。たしかに私の記述が陰鬱にすぎるといって非難する者もいるだろう。しかし私がアラブ人たちの悲惨のために弁護したのは、フランスが強く、まだ行動する時間があったときだった。そのときには、外国においてさえ、今弱体化した自国を飽きもせずに非難することが容易だと思っている者たちは沈黙していたのだ。もし二〇年まえ、私の声にもっと耳が傾けられていたなら、おそらく流血が今よりも少なかったことだろう。不幸なことに（私はこれを不幸と感じる）、これまでの出来事は私の言葉の正しさを裏づけている。

（『アクチュエルIII――アルジェリア年代記』）

これはカミュの生前最後の出版となった『アクチュエルIII――アルジェリア年代記』（一九

五八年）の序文に見られる文章である。この時評集は一九三九年に《アルジェ・レピュブリック》紙に書いたルポルタージュ「カビリア地方の貧困」、四五年に《コンバ》紙に掲載した「アルジェリアの危機」、五五―五六年に《レクスプレス》誌に寄稿した「引き裂かれたアルジェリア」などの記事、論説を取捨選択し、一冊にまとめたものである。「二〇年まえ」と言っているように、たしかにカミュほどアルジェリア問題に早くから気づき、それをまさしく「個人の悲劇」として生きた、あるいは生きざるをえなかったフランス人は稀だった。

そもそもフランスがアルジェリアを侵略したのは、一八三〇年、王政復古末期の首相ポリニャックのときだった。以来、一九六二年のアルジェリア独立までの一三二年にわたって、大半の原住民たちは武力による過酷な植民地支配に隷従し、搾取されていた。一九世紀には四八年の二月革命、六月暴動、七一年のパリ・コミューンなどによって生じた犯罪者、失業者、追放者が移民として送りこまれ、また七〇年の普仏戦争の敗戦の結果、ドイツ領になったアルザス地方から多くの移住者が押し寄せた。先住のアラブ人たちの土地を奪ったフランスの植民地支配の原則は、「文明の伝播」を名目とした同化政策であり、現地のインフラ整備、学校や病院の建設をおこなったが、いかにも遅々として不充分なものだったから、現地人の生活改善にはほど遠いものだった。そこでたびたびアラブ人たちの反乱や蜂起が起こったのだが、そのたびに圧倒的な警察権力、軍事力によって鎮圧された。

また、現地のアラブ人たちは貴重な兵力として両世界大戦、インドシナ戦争にかり出されるばかりか、アルジェリアのみならず本国のフランスでも安価な労働力として利用された。これはフランスの保護領とされたモロッコやチュニジアについても同様である。その結果として、こんにちフランスにはイスラム・テロの温床とされる数百万のマグレブ人とその二世、三世が根深い差別に耐えながら居住している。フロイトはあるところで、人種差別は距離的に遠い民族間では軽微だが、民族間の距離が近ければ近いほどますます顕著になる現象だと言っている。歴史問題にいっこうに解決が見られない日韓、あるいは日中関係と同様、近年のイスラム・テロの問題は、ポスト・コロニアル状況の典型的な現象だが、フランスがみずから蒔いた種の側面も否定できないのだ。

二〇世紀になると、一部のフランス化された若いムスリムのエリートたちが、フランス人と対等な自由と平等の権利を求めるようになり、やがてフェラハート・アッバースを指導者とする穏健なアルジェリア人民統一党や、アルジェリア独立を掲げ、共産党とも協力するメサーリー・ハージュの「北アフリカの星」などの活動が見られるようになった。また、こんにちのイスラム原理主義に近い、「宗教はイスラム、言葉はアラビア語、祖国はアルジェリア」をスローガンとするベン・バリスの「イスラム法学者連合」の動きもおこったが、最大の政治勢力だったひと握りの右翼系大コロンたちは経済界のみならず、政界、司法界まで牛耳り、さらに多いときで五〇万人もいた軍部と協力して、アルジェリア人の要求をことごとくはねつけつづけた。フランスで一九三六年に成立した人民戦線内閣の社会主義的な施策の一環で、アルジェリア議会でも「ブルム＝ヴィオレット法案」が審議された。これは六万人のアラブ人にフランスの市民権をあたえようとするものだったが、当時アルジェリアには七〇〇万のアラブ人がいた。これだけでも相当な不公平さだが、この程度の微温的な法案ですら上程されることはなかった。

前述したように、カミュはこのような状況のなかで、カビリア地方の貧困のスキャンダラスな実態、歴代政府の無策、無関心を敢然と報告するルポルタージュ、また明らかにアラブ人に不公平な現地の裁判で、コロンと警察が仕組んだオダン事件、エル・オグビー事件、オリボー放火事件などの冤罪が認められるのに貢献した裁判傍聴記などを書いた。しかし、カミュが寄稿していたのは財政基盤が脆弱で、たえず当局の検閲をうけ、やがて廃刊に追いこまれる左翼紙だった。そのため彼は失業するばかりか、アルジェリア当局から国外追放処分をうけた最初のフランス人ともなった。

若きカミュは、このように今なら「ジャーナリズムの良心」とも言うべきものを体現していたと言える。ただ、彼の新聞は少部数の地方紙で、読者もいたってかぎられていた。したがって、彼のアルジェリア時代のジャーナリスト活動は本国ではまったく知られていなかった。また、この時期の彼の新聞記事、論説は「カビリア地方の貧困」を除けば、彼の死後数年して公刊されたにすぎない。

だから、カミュは決定的に沈黙するまえに、アルジェリア問題に関するみずからの意見と活動を記録として残そうと考えたのだった。しかし、前年のストックホルムでおこなった問題発言の余波が残っていて、カミュ・バッシングがつづいていたため、この『アルジェリア年代記』にもさしたる反応がえられなかったという。これ以後、アルジェリア戦争がますます激化し、これが原因で軍部の反乱、極右勢力のテロ、その結果としてフランスの政体が第四共和制から現在の第五共和制へと激変するといった大動乱になったにもかかわらず、彼はこの問題で公的に発言することを完全に拒否することになった。ただ、そのまえにカミュがじぶんにできるかぎりの努力をおこなったことを忘れてはならない。

†

政治的次元では、アラブ人民というものが存在していることを想起したい。つまり私が言っているのは、アラブ人民は西欧人がなにひとつ尊敬すべきものも、擁護すべきものも見ない、あの無名の惨めな群衆ではないということだ。それどころか、彼らは偉大な伝統をもつ人民なのであり、もし少しでも偏見なしに近づくなら、その美徳は第一級のものなのである。彼らは置かれた生存状況による以外に、なんら劣等の人民ではなく、私たちは彼らのうちにさまざまな教訓を見いだすこともできるのだ。
（同前）

カミュは主筆を務めていた《コンバ》紙に一九四五年五月、「アルジェリアの危機」と題して一連の記事を発表していた。この時期は解放後のフランスの政治体制や新しい国際秩序が見通せないまま混沌とし、そして何よりも戦後の混乱のなかで各自がみずからの生活のことで忙しく、国内で植民地アルジェリアのことを気にかける余裕をもつ者はほとんどいなかった。そんななかで、カミュは四月にただひとり三週間アルジェリアにもどり、現地の社会、政治状況をつぶさに調査して、アルジェリア全体が深刻な飢餓に瀕していることを確かめるとともに、彼が本国にいたあいだにアラブ人たちの心性にどのような変化が生じたのか見極めようとした。そのために旧知のフェラハート・アッバースにも会い、もはやフランス政府の「同化政策」は通用せず、アラブ人に何かしらの自治を認めることが必要不可欠だと痛感するようになった。のちにアルジェリア臨時政府の大統領になるアッバースらは新たな党、「自由を求めるマニフェストの同胞たち」を結成し、アルジェリアにおけるヨーロッパ人とフランス人の連邦制による自治を求めていたのである。

ところが、そのように緊迫した実情を《コンバ》紙の読者に報知すべく、アルジェからもどった翌日の五月八日に、のちのアルジェリア人の独立志向を決定づけたといわれる、アルジェリア東部の町シェティフの暴動、虐殺という出来事が起こった。アラブ民族主義者たち数千人が「アルジェリア独立、自由万歳！」「ファシズムと植民地主義を打倒せよ！」のスローガンを掲げてデモをしていたところ、その旗手が何者かに射殺されたのを機に暴動を起こし、一〇〇名ほどのピエ・ノワールを殺害した。この報復のためにフランス側が私兵を雇うなどして、数千人のムスリムが虐殺されたというものである。

このときフランスの大半の新聞はもっぱらヨーロッパ人の虐殺を報じ、それをはるかに上回るアラブ人の犠牲者たちのほうは取り上げなかった。アラブ人の悲劇をあえて声高に訴え、彼らの「伝統」と「美徳」を称揚したのはカミュぐらいだった。彼はまた、結局は軍事力で鎮圧されたこの暴動を「アルジェリアの危機」と断じて、食料援助、社会組織の具体的な改善案を提出してもいる。さらに、一部の新聞がこの暴動の扇動者としてアッバースを非難しているのに抗議し、現地人の期待を浴びている「この注目すべき人物」の人格、過去と現在の行動、独立ではなく、あくまでフランスとの関係を保ったアラブ人とフランス人との連邦という政治計画を好意的にかつ詳細に紹介している。ただ彼の結論は、つぎのようにやや抽象的で、今から見てもいささか微温的なものだった。

アルジェリアから届くすべての情報を考量すると、こんにち、何事も改善しえない憎悪と不信の雰囲気のなかで、この政治的な危機が定着したと思わざるをえない。ゲルマとセティフの虐殺はアルジェリアのフランス人のあいだに憤慨した根深い怨恨を引き起こした。それにつづく報復はアラブ人大衆のうちに恐怖と敵意の感情を広げた。このような時勢のなかでは、たとえ断固として民主的な政治行動であっても成功の見込みは少ないだろう。しかし、それが絶望の理由にはならない。……もし私たちが北アフリカを救いたいのであれば、最良の法律ともっとも正しい人間によってフランスのことを世界に知らしめる決意を表明しなければならないのだ。（同前）

たしかに抽象的な提案だとはいえ、この一九四五年の時点でいちはやく、大半のフランス人や新聞に先だって、アラブ人民の存在を擁護するかたちでアルジェリア問題の深刻さとその打開の緊急性を訴えたカミュの言論活動は特筆に値する。しかし、彼の警告は本国ではまたしても黙殺された。

†

しばらくして、教師は教室のまえにじっと立ち、空の高みから黄色の新しい光が高原の表面全体に飛び跳ねるのを見るともなしに眺めていた。彼の背後の黒板のうえには、フランスの河の蛇行のあいだに、チョークで下手くそな字で、「おまえはよくもおれたちの兄弟を引き渡したな。いずれこの落とし前をつけてやる」と書き込まれているのを読んだばかりだった。ダリュは空、高原、そしてその彼方の、目には見えないが海まで広がっている大地を眺めていた。あれほど愛したこの広大な国で、彼はひとりだった。

（『追放と王国』「客」）

カミュが生前、アルジェリア問題を創作の題材にしたのは、一九五七年に発表した短編集『追放と王国』の一編「客」においてである。ただ、この短編は五二年から五四年にかけて、つまり同年一一月のアルジェリア戦争開始以前のものだが、その後じっさいに生じる出来事を予感していたかのようなのである。

ダリュはアルジェリア東部の高原にぽつりと建っている小学校の教師で、そこに住み込んで近くの村から通ってくるアラブの少年たちの初等教育を担当している。珍しく雪のつづいたある日、旧知の老いた憲兵バルデュシが手錠をはめられたアラブ人の囚人を連れて学校にくる。バルデュシは教師に、このアラブ人は食料のことで従兄弟を殺した犯人だから、翌日近くの町の警察に引き渡すように依頼するが、ダリュはそのような行為はじぶんの仕事ではないし、「名誉に反する」と言って拒否する。だがバルデュシは、今は戦時であり、近く大々的な蜂起があるという噂もあるので、じぶんの勤務先では人手が足りない。こんなときには、民間人だろうと現地のフランス人は官憲に協力すべきだと述べて押し切ってしまう。

心ならずもアラブ人と一晩を過ごすことになったダリュは、フランス語を一語も解さない相手とアラブ語で会話しながらできるだけ歓待してやる。そして翌朝、食料と二〇〇〇フランの現金をあたえて、いっしょに高原をくだり、道が二手に分かれている分岐点にさしかかると、東のほうに向かえば役所と警察のある町に二時間で行けるが逮捕される。また、南のほうに一日歩くと遊牧民たちの集落に辿り着く、そこでは彼らの歓待の掟にしたがって匿ってくれるだろう。そう教えてダリュはアラブ人に行く道を選ばせ、さっさとじぶんの小学校にもどる。途中ふと振りかえってみると、アラブ人が南、すなわち自由ではなく、東、つまり牢獄のほうに向かって歩いて行くのが見える。そして学校にもどってみると、教室の黒板に「おまえはよくもおれたちの兄弟を引き渡したな。いずれこの落とし前をつけてやる」という落書きをみつけ、だれにも理解されないみずからの孤独をかみしめる。

フランス語では「客」という言葉（hôte）が、客を迎える「主人」をも意味する。じぶんが生まれ育ち、愛した土地の「客」でも「主人」でもないというダリュの孤独は、アルジェリア問題をめぐる五〇年代後半のカミュの苦悩の象徴と見なしうる。

ここで想起すべきは、鋭敏な比較文学者エドワード・サイードである。彼は大著『文化と帝国主義』（一九九二年）の「カミュとフランス帝国体験」と題された節で、『異邦人』ではアルジェ、『ペスト』ではオランを舞台にしているものの、登場人物がアラブの原住民を動物か何かのように無情に殺して平然としているか、その人間的存在を完全に無視して平気でいると指摘して、「彼の小説や短編が物語っているのは、アルジェリアの土地の領有権を主張しながらも、厳しく弾圧されておとなしくなり、数も減らされたイスラム教徒住民にフランスが勝利したあとの世界なのだ。カミュはこのようにフランスの優越性を確認し、確固たるものにするなかで、アルジェリアのイスラム教徒に対してフランスが一〇〇年以上にもわたって展開した統治権獲得運動については、論ずることも反論もしていないのである」と断じている。

要するにカミュは、世界史的に見れば、西洋中心的な植民地主義の傲慢と冷酷さしか表現しなかったという極論だが、世界史的に見ればこれはある意味で妥当に思われるかもしれない。ただ、このような批判をしたのはべつにサイードが初めてというわけではない。すでに七〇年にコナー・クルーズ・オブライエンが同様の視点からカミュを論じていて、サイードもそれを大いに参考にしている。たしかにサイードが難ずる無意識的な植民地主義の一面はたしかにある。だが、そもそもある作家が言表もしていない「無意識」のことで批判されるものだろうかという疑問は措いておくことにしても、それが当時のアルジェリアのフランス社会の偽らざる現実だったのだから、その現実を隠さずに表現したカミュは、逆に「誠実」だったのではないかという現在のアルジェリア作家もいる。

サイードは持論の根拠として、『追放と王国』のなかの「不貞」を取り上げている。これは不貞といっても、ピエ・ノワールの商人である夫との生活に辟易したヒロイン、ジャニーヌがアルジェリア南部の田舎町のホテルから、夜ひとりで抜けだし、カミュの初期の作品に見られるような自然とのエロチックな合一体験を語ったものである。だが、どうせアルジェリアの植民地問題を扱った短編というなら、右に引いた「客」のほうがよほど適切なのではなかったか。サイードがなぜこんな選択をしたのか理解できない。

また、この短編の主人公ダリュは必ずしも「フランスの優越性を確認」しているわけではなく、みずからアラビア語を話し、アラブ人をできるだけ歓待し、この囚人の自由さえも願うのである。「客」はどう見ても植民地主義を肯定するのではなく、問い直す作品だと思える。カミュは彼なりにアラブ人の「市民権回復運動」を二〇年間おこなってきたのであり、サイードにはカミュのこの真摯な活動をもっと知ってから批判してもらいたかったと思う。

†

テロリズムはひとりでに生え育ったものではない。それは偶然と忘恩とが意地悪く結びついた結果ではない。これに関して外国の影響ということがよく言われるが、たぶんそうだろう。そうではあるが、もしその影響が実効をもつ土壌、絶望という土壌がなければ、なにほどのこともないだろう。アルジェリアでも他のところでも、テロリズムは希望の不在によって説明される。じっさい、それはいつ、どこでも孤独から、もはや手立ても未来もなく、窓のない壁があまりにも厚すぎるので、たんに息をするためにも、すこし前に進むためにも、その壁をふきとばさねばならないという考えから生まれるのだ。

（「テロと弾圧」《レクスプレス》誌、一九五五年七月九日号）

カミュは、一九五四年一一月から公然化したアラブ人のテロの原因を理解するようにフランスの読者、世論、さらにはアルジェリアのフランス人に呼びかけた。そしてこの責任は植民地政策を「同化政策」と呼びながら、それらしいことを何ひとつせず、アルジェリア人の当然の絶望からくる反乱、蜂起をことごとく警察、軍隊の力で弾圧し、彼らの「格別の屈辱感」を蓄積させてきたフランスにあると指摘する。そして、「節度あるものであれ、常軌を逸したものであれ、ひとつひとつの弾圧、警察の拷問、また法的な裁きはそれを身にうけた闘士の絶望と暴力を激化させる」だけであり、テロと弾圧、弾圧とその報復テロという暴力の悪循環、カミュの言葉では「テロリズムと弾圧の血腥い結婚」はいずれ致命的なものになるだろう。だから政府は「盲目的で愚かな弾圧」をただちにやめ、とりわけ――だいたいは共犯だという口実のもとに、村々の全員を無差別的に弾圧するのに役立つ――「集団的責任」、戦前の（そして戦後も）この国で濫用された言葉で言えば、「連帯責任」という全体主義的な原則を廃止すること、そのうえテロもふくむすべての犯罪は必ず普通法で裁かれることを宣言すべきだという。じっさい、この戦争を題材にした映画などによく見られるように、フランスの官憲、軍人がテロ犯に加えた拷問は凄まじいものであり、犯人を出したとか、匿ったという理由で多くの村が破壊されたりしたのである。

そんなわけでカミュは、フランス政府およびアルジェリア政庁を容赦なく批判していたのだが、だからといって、アラブ側のテロを容認したわけではない。彼らのテロにはいくつもの理由（レゾン）はあるが、道理（レゾン）はないというのだ。彼の目には、彼らが植民地支配という不条理に反抗するのは正当だが、その手段が反抗の限界を越えると見えたのである。それは第一に、このテロはことの成り行き上どうしても人種差別的にならざるをえず、そのうち当事者の当初の意図を越えて、政治目的実現のための制御された手段ではなくなり、安易なたんなる憎悪に転じてしまうからだ。つぎに、このテロはその帰結としてアルジェリアのリベラルなフランス人たちの口を封じ、その結果として反動と弾圧する側の力をますます強化する結果になるからだという。だから、問題の解決にはまず双方が対話を即刻開始する他ないのだと縷々（るる）論じる。彼がガンディーをもちだして、言葉は行為であり、死ぬまで言行を一致させるなら、言葉によって歴史を変えることは可能だと説いたのはこのときだった。

なお、フランス政府は一九九九年まで、アルジェリア戦争を戦争とは認めず、公式には「アルジェリア事変」あるいは「北アフリカにおける秩序維持作戦」と呼んでいたくらいだから、当時はアルジェリア民族解放戦線FLNを「テロリスト」と断じ、頑として交渉相手とは見なしていなかったことを思いだしておこう。ちなみに、9・11以降、現在進行中のイスラム過激派とのいわゆる「テロとの戦い」の縮図を、このアルジェリア戦争に見ることもできるだろう。

この「テロとの戦い」に関連して、カミュは同じ五五年一一月二九日号の《レクスプレス》誌に「侮蔑の法則」と題する論説を書いている。彼はパリでひとりのマグレブ人が「汚らわしいアラブ人（sale bicot）」と呼ばれて遭った差別の光景を目撃し、アルジェリアの悲劇がフランス住民に及ぼした人種差別的な心理状態の進展を感じた。どうやら、この点においてフランス人の意見は粗雑な判断に基づき、アルジェリアのフランス人がすべてコロンであるのと同じく、パリのアラブ人はすべて女衒(ぜげん)であるというもののようだ。これは愚かな判断だとして、カミュはとくにフランスに住んでいる三〇万（現在はたぶんその二〇倍近い）のマグレブ人を敢然と弁護する。

彼らがフランスで生活しているのはじぶんの国では生き延びることさえできず、異国の空のもと、身の毛もよだつ住宅環境のなかでいつも、いかようにも黙々として働いているのだから、大半は私たちの積極的な友愛に値する。……私たちの警察がこれらの労働者たちを、いかなる敬意にも値しない人間以下の者として扱うなら、それは私たちの国自体の名誉を汚すことなのだ。……それを忘れて、侮蔑と人種差別的な憎悪の汚らわしい誘惑に屈することは、つい最近の歴史を忘れることであり、四年間私たちを力ずくで侮蔑の法則に従わせようとした者たちに道理をあたえることになるのだ。

（『侮蔑の法則』）

このようにカミュは、フランス人のアラブ人にたいする人種差別をナチスのそれと同じものと断じて非難していた。これらのアラブ人は、歴代フランスの兵力や労働力として貢献してきた人びと、およびその家族だからだ。これから六〇年してなお、フランスは類似の、しかし規模を拡大し、より複雑になったポスト・コロニアル状況のなかにある。問題が数世代、さらには数世紀にわたる「格別な屈辱感」に根をもつものであるだけに、いかなる武力、捜査技術、情報操作をもってしても、解決はけっして容易ではないだろう。アラブ社会の大半に蓄積された数世紀にわたる屈辱と「絶望」は数年で解消する宿悪であるはずはないからだ。

ひとはあまりにも安易に宿命に甘んじ、とどのつまり血だけが歴史を前に進め、強者が他者の弱みを踏みにじってゆくものだと信じます。そのような宿命は、たぶん存在するのかもしれません。しかし、人間の任務とはそれをうけいれることでも、その定めに服従することでもありません。もし初期の時代の人間たちがそれをうけいれていたなら、私たちは今なお先史時代のままだったでしょう。教養と信念をもつ人間の任務とは、歴史的な闘いを放棄することでも、歴史のもつ残酷で非人間的なものに奉仕することでもありません。闘いのなかで踏ん張り、人間を抑圧する者に抗して人間を助け、人間を取り巻く宿命に抗して人間の自由を支援することなのです。

（『アクチュエルIII――アルジェリア年代記』）

一九五〇年代前半のカミュは、しばらくアルジェリア問題について沈黙していたが、その間、現地ではますます独立運動の機運がたかまり、五四年には民族解放戦線（ＦＬＮ）が結成され、その武装組織（ＡＬＮ）が同年一一月一日の万聖祭の日に全土で一斉蜂起し、以後六二年までつづくアルジェリア戦争がはじまった。反乱には弾圧、弾圧には報復という暴力の連鎖がエスカレートし、状況はますます泥沼化していった。むろんカミュには現地にフランス人、アラブ人双方の友人がいたので、だいたいの状況は把握していたし、ＦＮＬの幹部とも話ができた有名な人類学者ジェルメーヌ・ティヨンともたえず密接に連絡を取りあっていた。この女性、マルセル・モースの弟子であるティヨンは、三〇年代からアルジェリアの現地で、ある部族の親族関係を研究したあと、レジスタンス活動をし、ゲシュタポに捕らえられて収容所に送られた人物だった。そしてアルジェリア戦争が起こると、なんとか両陣営の仲介に役だとうと尽力した。カミュはじぶんと考えを同じくする彼女を大いに尊敬、信頼し、何度も手紙を交わすほか、彼女の著書『アルジェリア一九五七年』の英語版の序文を書くほか、『手帖』にもしばしば彼女の名が出てくる。

ともかく、そのような状況のなかでカミュは、五五年一〇月から五六年二月まで《レクスプレス》紙に寄稿することを引きうけ、「引き裂かれたアルジェリア」としてまとめられる記事を発表するようになった。彼は現地情勢の深刻化の諸相を伝え、相も変わらぬ本国政府の無策、大半のフランス人の無知、無関心を難ずるとともに、「市民の休戦」を呼びかけ、「私は対立する双方が、いかなる状況であれ、非武装の市民に手をふれないという誓約を同時におこなうよう提案する。この誓約は当面、なんの状況も改善するものではなく、ただこの抗争から贖いえない性格を取り除き、無辜の生命を未来に保全することだけを目的とする」と書いた。

のみならずアルジェリアのリベラル派の友人たちの願いをうけて、これと同じ「市民の休戦」の訴えをおこなうべくアルジェに赴き、五六年一月二二日に有名な講演をおこなった。引用したのはその講演の一部である。今や大勢が反アラブ的になっていたアルジェリアのフランス人たちから「裏切り者」と見なされ、テロの恰好の標的にされる危険もあって、会場は厳重に警備されたが、屋外から群衆が投げる石によって割られガラス窓から、「カミュを縛り首にしろ！」といった罵声が聞こえてくるなかで、彼はなんとか休戦の訴えの講演を終えた。

カミュが訴えたのは、「犠牲者も否、死刑執行人も否」と同じく、少なくとも無辜の民の「身体を救う」ということ、それによって今は見えない未来の可能性を残そうということだったが、日常的な恐怖に金縛りになっていたリベラルな聴衆の反応は熱狂的なものだったという。ただ、フェラハート・アッバースもこの講演に駆けつけてきたものの、やがて臨時政府の大統領になる穏健派のこの指導者でさえすでにＦＮＬに合流していたことをカミュは知らなかった。また、カミュの警備をしたのが、事実上ＦＮＬのメンバーだったことも知らなかった。現地の状況はアルジェリア独立に賛成か反対かの二者択一しか許さなくなっていて、もはやカミュが願っていた連邦制など論外だったのである。そのため「市民の休戦」はとうてい望むべくもなく、結局彼は大した成果も得られずにパリにもどらざるをえなかった（なお、この講演会にはジェルメーヌ・ティヨンも出席していたが、彼女は翌年一〇月、ＦＮＬの軍事指導者ヤセル・サーディと話をつけ、カミュができなかった「市民の休戦」の約束をとりつけた。しかしフランス当局側が拒否して、実現しなかったという）。

また、このころには植民地解放・民族自決が国連憲章でも認められ、アルジェリアの独立支援が世界の潮流になっていたし、インドシナ、モロッコ、チュニジアなどの独立をつぎつぎに認めた本国でも、サルトルらの左翼知識人、さらにレイモン・アロンら保守派の現実主義者たちまでが雪崩をうってアルジェリア独立に賛成し、無益に戦争を継続して多数の人命を犠牲にする政府に反対する運動をおこなうようになっていた。カミュは、「私はアルジェリアにおけるフランス人とアルジェリア人の自由な連合が可能だと固く信じている。また自由で同等の人間たちのこの連合がもっとも公正だと信じてもいる。だが、そこにいたる手段について、よく考え、現在出されているさまざまな案をじっくり比較検討してみたが、正直なところ、じぶんの一時的な躊躇を告白することしかできない」と率直に述べながらも、それでもアルジェリアの独立だけは死ぬまで容認できなかった。「悪しきコロンも良きコロンもいるわけではない、ただ植民地主義者がいるだけだ」、あるいは「われわれは彼ら〔植民地化された者たち〕の犠牲において人間だった。今度は彼らがわれわれの犠牲において人間になる番だ」とあっさり切って捨てることができたサルトルら本国のフランス知識人と違って、カミュには、独立は当時人口一〇〇〇万のうち一〇〇万以上のピエ・ノワールをそっくり見捨てることを意味するからだ（のちにそのとおりになった）。と同時に、アルジェリアが生まれ育った唯一の祖国であり、本国のだれにも負けないほどこの問題について発言し、警告してきたという自負がかえって盲点になった側面も否定できないだろう。そこに彼の限界があったと言えば言える。だが、神話や英雄伝説ならともかく、みずからの肉親や友人、同胞を犠牲にし、もしくは密告することで実現される「正義」とは、いったいなんだろうか。私はモンテーニュとともに、「人ひとりを殺すに値する思想などない」と考えるのだが。

ともかくその結果、彼は長年にわたるアラブ人擁護にもかかわらず、大半が独立を支持するようになったアラブ人も、独立に反対するアルジェリアのフランス人も、また独立に賛成する本国の左翼のフランス人と反対する右翼のフランス人もともに敵にまわし、文字通り四面楚歌の窮地に陥ったのだった。そのため彼の発言は、パリでもアルジェでも「フランスのアルジェリア」を唱え、やがてOAS（秘密軍事組織）となる極右勢力とともにFNL過激派のテロを招く危険があったので、できるだけ慎重にしなければならなかった。先にふれたが、一九五七年のノーベル賞受賞の折りの「私は正義よりも母親を選ぶ」発言が招いたスキャンダルのように、カミュの言葉は理解よりもむしろ誤解されることのほうが多かったのだ。

だから、翌五八年の『アクチュエルⅢ』の序文でも、「私が話している状況を知らない者たちは容易に判断できないだろう。しかし、この状況を知りながら、なおかつ諸原則よりも兄弟のほうが滅ぶべきだと英雄的に考える者たちのことを、遠くから立派だと思うだけだ。私は彼らとは同じ人種でない」と言って、この問題には二度と発言しなくなった。ただ彼は友人のジャン・ダニエルに、「じぶんはパリのインテリたちとよりも、FNLのメンバーとのほうがずっと話が通じる」と打ち明け、パリでは命の危険があるモハメド・レビジャウィなどFNLの有力メンバーを自宅に匿ったり、不当に逮捕され、死刑判決を受けた多数のアラブ人の助命活動をしつづけた。

しかし明晰なカミュは内心では必ずしも楽観的ではなかった。七月二九日の日付のある『手帖IX』には、「アルジェの朝のことが私につきまとう。手遅れだ、手遅れだ。……私の大地が失われたら、私はなにものでもなくなるだろう」とある。また、八月四日にはジャン・グルニエ宛の手紙に、「私はあなたと同じく、アルジェリアのことは手遅れだと思っています。私があの本（『アクチュエルIII』）のなかでそう書かなかったのは、最悪のことは必ずしも確実ではなく、歴史の偶然にしかるべき機会を残してやらねばならないからです。また何もかもダメになったと言うために本を書くわけにもいかないからです。そうなれば、沈黙するだけです。私はその覚悟をしています」と書いている。彼は彼なりにアルジェリア問題の行く末を見とおしていたのだろう。

なおカミュは、五八年に政界復帰して全権をにぎり、やがて六二年にアルジェリア独立を認めることになるドゴールに求められて三月一日に会見し、そのことを『手帖IX』に記している。カミュが、アルジェリアが失われたら生ずる混乱のことや、アルジェリアのフランス人たちの怒りのことを説明すると、ドゴールは「フランス人の怒り？ 私は六七歳だが、かつてひとりのフランス人が他のフランス人たちを殺すのを一度も見たことはない」と答えたという。ドゴールはすでに「得るものより与えるもののほうが多い」アルジェリアを見捨てるつもりだったのだ。

カミュは六〇年一月四日に交通事故死したので、六二年七月のアルジェリア独立と、そのあとにつづいた一〇〇万のピエ・ノワールたちの強制的な祖国放棄のことは知らずにすんだ。ある意味で歴史の敗者になったわけだが、彼は彼なりに二〇年以上にわたる「闘いのなかで踏ん張り、人間を抑圧する者に抗して人間を助け、人間を取り巻く宿命に抗して人間の自由を支援する」のをやめなかったのであり、彼の努力はたとえ歴史的には無力だったとしても、必ずしも無意味ではなかった。少なくとも「自由の証人」としての役割は充分に果たしたのだから。

なお不幸なことに、カミュはアラブ人たちにデモクラシーがもたらされることを真摯に願っていたが、独立から半世紀以上も経って、今なおアルジェリアでは、彼が「アラブの民衆にとってはただ悲惨と苦しみの蓄積しか実現しないイスラム帝国」として危惧していたFNLの軍事独裁政権がつづいている。その間に先住民であり、独自の言語を保持し、人口の五分の一を占めるベルベル人への民族浄化まがいの弾圧があり、一九九〇年代にはイスラム原理主義諸派と政府とのあいだの壮絶な内戦で死者数十万人を出すという「暗黒の一〇年」があった。つまりアルジェリアでは、今度は自国内の「テロリズムと弾圧の血腥い結婚」を経験したあと、二一世紀になって、いずれもカミュに影響をうけたカメル・ダウドが小説『ムルソーの反撃』、マイサ・ベイが評論『太陽の下を歩く男の影』を発表した。また現政権の高級官僚だったにもかかわらず、カミュにたいする共感を隠さないヤスミナ・カドラや、ブアレム・サンサルなど新世代のアラブ作家が登場しはじめていることも注目に値する。

†

二〇〇年まえにモーツァルトは、……え、なに！　このうえなく狂おしく切迫した歴史のただなかでモーツァルト、憎悪のアルジェリア、責任放棄のフランスをまえにしてモーツァルトだと？　まさしくそうだ！　世界がおのれのまわりでたわみ、文明の諸構造がゆらめくとき、歴史のなかでたわむことなく、それどころか勇気を立て直し、別々だった者たちを再結集させ、傷つけることなく平和をもたらすものに立ちもどるのはいいことだ。創造の天才もまた、必ず破壊にいたる歴史のなかで仕事をしたことを思いだすのはいいことなのだ。

（《レクスプレス》一九五六年二月二日号）

カミュが音楽を語るのはきわめて稀で、『手帖』を別にすれば、若いころ同人誌《シュド》に、ニーチェの影響が露骨に見られる素朴な「音楽論」があるくらいである。モーツァルトの「神のような自在さ」のことは、この時期の別の論説、それから翌年の「スウェーデン講演」でも言及されている。彼の好みの曲は「ト短調五重奏曲」と「レクイエム」だったが、なんと言っても「ドン・ジョヴァンニ」が最高だった。ジャン・グルニエは『アルベール・カミュ回想』のなかで、「彼はこのドン・ファンにじぶんの姿を認め、モーツァルトがその〈矜持〉と同時に〈官能性〉を表現することができたこの作品を、できればもう一度舞台にかけてみたいと願っていた」と証言している（なお、カミュは『シーシュポスの神話』で不条理な人間の典型のひとつとしてドン・ファンをあげていたが、これは必ずしも思想的な意味とはかぎらず、実践的なものでもあり、オリヴィエ・トッドのような伝記作家は、カミュがたとえば晩年の五年間にかぎっても、それぞれ彼の戯曲のヒロインを務めたふたりの有名女優マリア・カザレス、カトリーヌ・セレールにくわえ、二〇歳以上年下の若い女子画学生Miとを同時に愛人にしていたという、まことに豪勢なドン・ファンぶりを伝えている）。

ともあれ、彼はモーツァルトのこのオペラを好む理由をこう述べている。

「ドン・ジョヴァンニ」はあらゆる芸術作品の頂点に立っている。ここでは、完璧と自由が対立せず、互いに強めあっている。この歌に真に耳を傾けるとき、ひとは世界と諸存在を一周したことになる。それがこんにち、私たちにとってモーツァルトがかつてなく模範としてとどまる理由なのだ。ヨーロッパの人間は、ただ私たちの知的、政治的な集まりでのさばっているあの不幸な嘘つき、屈辱と残忍さに酔っているあの狂人だけではなく、またモーツァルトでもあるのだ。

（同前）

ここでモーツァルトと対比されているのは、フランスの知識人と政治家、そしてフランスの警察、軍隊およびアルジェリアのテロリストたちである。「人間は必ずしも正義のためにのみ生きるわけではない」と考えていたカミュは、アルジェリア問題という泥沼からたとえ一時(いっとき)でも脱する手立てを見つけたいと願った。というのも、この「モーツァルトへの感謝」と題するエッセーは、彼がアルジェに出向き、「市民の休戦」を呼びかけて空しかった日の一〇日後、《レクスプレス》誌への最後の寄稿になるからである。この年はまた、モーツァルト生誕二〇〇年の年でもあった。こんな時だからこそモーツァルトが「模範」になるのは、政治を超越する芸術のなんたるかを思いださせてくれるからだとして、彼はこうつづける。この天才のなかには断固たる独立心があって、これは他人にも伝わり、まえもって「ある種の精神は同意された連帯と、それだけが歴史を進めるあの自由な服従にしか、けっして屈しない」ことを告げる。また、どの芸術家も経験から学ぶことだが、創作者としても人間としても、大きくなるにはおのれの限界を知り、その限界を支えとしなければならないということも教えてくれる。だから、よくモーツァルトが無名の共同墓地に葬られたことが安易に嘆かれるが、それは違っている。天才とても孤独に苦しむことがあるというだけの話であって、彼の根は万人と同じ条件のうちにあり、そこから彼の真実を引き出しているのだと、カミュは言う。そして最後にこのように述べる。

瑞々しい喜び、統制された自由の絶えざる源泉である彼の作品は、私たちをとおして広がり、あらゆる不幸とあらゆる落胆にもかかわらず、人間の野心を正当化し、今なお私たちの抵抗と希望をともに生じさせる。時間においても空間においても、私たちのごくそばにいるこの人物は生き、かつ創造した。私たちの人生との闘いは、そのことで一気に正当化されるのだ。（同前）

以後彼はモーツァルトを最高の模範として、彼なりに創作活動にもどろうと考えたに違いない。それにしても、これはカミュにしてはまったく異彩を放つ文章である。

3　『最初の人間』

†

土地を、だれのものでもない土地を返せ。売るものでも買うものでもない土地を返せ。……すべての土地をあたえよ、貧しい人びとに、なにももたず、あまりにも貧しいので、なにかをもとうとか所有しようなどとさえけっして欲しなかった者たちに、この国におけるこの人のように、大多数がアラブ人で、何人かがフランス人である悲惨な人びとの膨大な群れ、この世で価値がある唯一の名誉、すなわち貧者の名誉を保ち、忍耐しながらしぶとく生き、生き延びている者たちに。聖なる者たちに聖なるものをあたえるように、彼らに土地をあたえよ。そうすれば私はふたたび貧乏になり、世界の端で最悪の追放に投げこまれながらも微笑み、満足して死ぬことだろう。私があれほど愛した土地と、私が敬った男たちと女たちがやっとひとつになると知りながら。

（『最初の人間』）

一九六〇年一月三日、南仏ルルマランの別荘からパリにもどる途中、親友のミシェル・ガリマールの運転する車が道路脇のプラタナスの木に衝突し、助手席に乗っていたカミュは即死した。四六歳の若さだった。彼がもっていたカバンのなかに『最初の人間』と題される新しい小説の原稿がはいっていた。ただ、この原稿は三部構成の作品の第一部「父親の探索」に含まれる九章と、第二部「息子あるいは最初の人間」のはじめの二章までしかなく、第三部「母」はまったく書かれていなかった。主に五八年と五九年に集中的に走り書きされたもので、推敲のあともまったく見られない未完の作品だった。その他、小説の構想や取りいれるべきエピソードなどをふくむノートが見つかったが、未完のうえ、間違いや不統一などが目立つこの原稿をそのまま出版するわけにはいかなかった。そのため、永いあいだ存在は知られていたものの、『手帖』に記されたメモやアイデアを除いて内容はまったく明らかにされていなかったのである。

カミュの娘カトリーヌの手で整理され、メモ類もまとめて補遺として刊行されたのはようやく一九九四年、死後三四年してからだった。これが大いに評判を呼び、この作品によって生前の作品の解釈が変わらざるをえないとか、若い世代にとってカミュの「最良の入門書」(ジャン・ダニエル)になると評価する者さえいた。じっさい、ここには生前の彼がけっして語らなかった少年時代の遊び、貧しいがそれなりに幸福だった家庭生活、小学校やリセの授業、読書経験などが精彩ある筆致で描かれ、カミュが眺望していたなにか新しい世界が姿を見せはじめている。とくに、これまで古典的な端正さを崩さなかった文体に伸びやかさが加わっていることが感じられる。

この作品はジャック・コルムリイという名の四〇代の男を主人公とし、主人公の父親アンリをふくむアルジェリア移民たちのルーツをたどり、その過酷で哀れな彼らの運命を描きながら、この運命と関連させるかたちで移民の子孫であるみずからの少年時代を回想し、波乱に富んだ壮年時代のことにもふれつつ、最後に母親という彼の永遠のテーマに回帰する、自伝的要素の濃い大河小説として構成されるはずだった。前掲の引用文は、現実には不可能になったが、土地と名誉がアルジェリアのアラブとフランス双方の貧しい人びとに返されるという願いとして、小説の最後に置くことが予定されていた。

最晩年のカミュは、もはや「フランスのアルジェリア」といった植民地主義的なこだわりからはほど遠く、すでに懐古的に、いわば「失われた楽園」へのノスタルジーとしてアルジェリアを夢想している。せめてみずからの「種族」、つまり破滅と忘却を約束された貧しく名もないピエ・ノワールたち、歴史の敗者たちの痕跡を、親しかったアラブ人たちの思い出とともに書き残したいと願いながら。

だから、ここではこれまでになく、いたるところにアラブ人たちが登場する。主人公ジャックの誕生に立ち会い、祝福するのがアラブ人の男女ふたりだし、サドックという昔の共産党の同志で、今やFLNの闘士になっているアラブ人に、ジャックの母親のことを、「おれはこの人を愛し、じぶんの母親のように尊敬している」と言わせ、立場を異にしながらも率直な政治論争もさせている。また、主人公がテロの危険のあるアルジェに住む母親に、フランス国内の安全な場所への移住を勧めると、母親は「あちらにはアラブ人がいないからね」という理由で断るエピソードさえあって、アラブ人にたいする怨恨や憎しみなどはもちろんなく、ときに懐古的な慎みふかい親近感さえ漂わせている。これは彼の作品ではかつてなかったことである。

†

レヴェスクは、連中にとってある種の状況では、なんでも許され、なんでも破壊しなければならないのさ、と言った。しかしコルムリイは猛烈な狂気に襲われたかのように叫んだ。「ちがう、人間なら、あんなことを控える——それが人間というものだ。そうでないと……」それから彼は気を鎮め、陰にこもった声で言った。「おれは貧乏で、孤児院の出で、こんな服を着せられ、戦争に駆り出されているが、あんなことは控える」。「フランス人だって控えない奴らもいるぜ」とレヴェスクは言った。「じゃあ、奴らも人間じゃないのさ」。

（同前）

これは第一部「父親の探索」の一節。レヴェスクとはジャックが出会った老いた元小学校教師で、この老人がジャックの父親アンリ・コルムリイの思い出を語ってくれる場面である。「あんなことをする連中」とは仏領モロッコの反仏蜂起に参加したアラブ人たちのことだ。ジャックの父親アンリは一九一四年に第一次世界大戦に招集され、マルヌの戦いで戦死する三年まえに兵役でモロッコ鎮圧に駆り出されていた。

レヴェスクとコルムリイが話しているのは、アンリのモロッコでの経験で、歩哨の交代のために隘路のサボテンの根元で、同僚が喉を掻ききられ、口のなかにじぶんの性器を突っ込まれているのを発見したときのことである。ふたりはさらに別の同僚が同じ殺され方をしているのを見つけた。インテリの教師と貧しい労働者が論争しているのは、そのような残虐行為をめぐってである。

ここで作者が伝えようとしているのは、人間にはいつ、どこで、どんな場合でもしてはならないことがあるという古来の強固な掟であり、それはアラブ人だろうが、フランス人だろうが関係がないということである。これはもちろん、人間的限界を越える過激な行動の拒否というカミュの反抗の理論の根本であり、身体的な、あるいは本能的な反応が知的な思弁、理屈に優先すべきだということの一例である。そしてジャック（カミュ）は「人間の本性」をこの父親アンリから受け継いだものだと納得し、確信する。

このような身体的な拒否によって「人間の本性」を定義するアンリが、ジャックに示すもう一つの実例として、ある一家を皆殺しにした罪で死罪になった男の公開処刑の現場に立ちあった父親が蒼白な顔をし、物も言わず帰宅して、何度も吐き、見た光景のことをいっさい口にしなかったというエピソードがある。すでに『異邦人』のムルソーが短く、そして『ギロチン考』のカミュ自身がやや長く語っていたこのエピソードが、ここでは主人夫婦と子供三人をハンマーで虐殺して処刑された男ピレット、犯行現場サーヘルの農園、処刑の場所バルブルース監獄の前庭といった詳細まで具体的に明かされるのみならず、さらにアンリが受けた強烈な印象のことが語られる。息子は父親が動転し、痛烈におぼえたのと同じような「不安」を「明白で確実な唯一の遺産」として受け継ぎ、じぶんが死刑台にのぼる悪夢に何年も悩まされたと打ち明ける。

このふたつの自伝的なエピソードはいずれも、カミュのユマニスムと呼ばれるものが身体的、感覚的な実感を原点にしていたことを、私たちに再確認させてくれる。そう知ったうえで、この未完の小説の内容にもう少し立ち入ってみよう。

小説第一部の「父親の探索」は、フランスに住む四〇歳のアンリがかねてより母親に頼まれていた父親の墓参をするためにブルターニュ地方のサン・ブリウーに行き、その墓石に刻まれた年代〈一八八五―一九一四年〉を見て、父親であった男が二九歳と、息子のじぶんより若かったことに気づき、「息子を死んだ父親の追憶に追いやるような心の動きではなく、不当に暗殺された子供にたいして大人の男が感じる動転した哀れみの情」から父親の人生の足跡を辿ろうとするのがはじまりである。なにかのきっかけで親のことを哀れに思うのは、ある年齢を過ぎると、心ある人間ならだれしも経験することだろう。

ジャックは父親の墓参の報告がてらアルジェに帰省して、母親や祖母、叔父などの家族をはじめ、先述の元教師の老人などわずかな証人たちに父親のことを尋ねるが、具体的なことは右のふたつのエピソードを除いて分からない。そこで父親が勤めていた葡萄農園のあったソルフエリノ（じっさいはカミュが生まれたモンドヴィ）にまで出かける。そこも代替わりしていて、アンリの父親の残した痕跡は何も見つからない。彼の探索は空しく、「父親の生活は一生、意に染まぬものであった。孤児院から病院まで、途中で当然のように結婚したけれども、ひとつの生活が形成され、それが戦争までつづくと、今度は戦死して、埋葬され、以後は家族にも息子にもけっして知られることなく、彼もまたじぶんの種族の人間の最終的な祖国である広大な忘却に呑み込まれてしまった」という確認以外に、父親について何も知ることはできない。

そして彼は、何世代もの名もなき多くの移民たちがなんの足跡も残さずに死んでいったソルフェリノの近くの荒れ果てた墓地を見たあと、「匿名性と無知で執拗な貧困生活を抜けだそうと努力してきた」じぶんのことをかえりみる。そして、とどのつまり、たったひとりで本国で築いてきたと思っていたじぶんの生活もまたなんら特別のものではなく、結局「死が彼を真の祖国に連れもどし、今度は怪物的だが平凡な人間の記憶を広大な忘却で覆ってしまうことをうけいれる」、つまりじぶんもまたこの地で生き、なんの痕跡も残さずに死んでいった父親と歴代の移民たちと変わらないことを思って、「一種奇妙な悦び」をおぼえる。

みずからを平凡な人間と認め、死という「真の祖国」で忘却されることを悦ぶジャックに、一九五七年の「スウェーデン講演」でカミュが語っていた一節、「じぶんは他者と違っていると感じて芸術家の道を選ぶひとがよくいるが、そのひとはじぶんと他者との類似を認めることによってしか、みずからの芸術と差異とをはぐくむことができないと、たちまち知るにいたる」をつなげてもよいかもしれない。未完に終わっているのだから、このあと話がどう展開するのかは分からないものの、スウェーデンで彼の念頭にあったのはきっとこの『最初の人間』のことであり、これによってカミュの芸術に、なにか新しい次元が開かれつつあったと想像することは充分に許されるだろう。

†

私はここで、ひとつの血筋とあらゆる差異によってむすばれたひと組のカップルの物語を書いてみたい。彼女は大地がもたらす最良のものに似ているが、彼のほうは平然として怪物的だ。彼はわれわれの歴史のあらゆる狂気に身を投じたが、彼女のほうはそれがあらゆる時代の歴史だとでもいうように、その歴史を経てきた。彼女はたいてい寡黙で、じぶんの考えを述べるのにかろうじて数語しか使えないのに、彼のほうはたえず話すが、数千語費やしても、彼女が沈黙のひとつだけによって言いうることを見いだしえない。……母親と息子。

（『最初の人間』補遺）

これは補遺に見られる作品のプランのひとつだが、一九五八年、『最初の人間』を執筆しつつあったカミュは、構成、表現の未熟さゆえに長く絶版にしていた処女作『裏と表』に、かなり長い序文を付して再刊した。そのなかで、じぶんが夢見ている作品は、「ある愛のかたち」を書くのだが、その中心には「ひとりの母親のすばらしい沈黙と、その沈黙に釣り合う正義またはを愛を見いだすために、ひとりの男がおこなう努力とを据えるつもりだ」と言ったあと、こうつづけている。

生の夢想のなかでみずからの真実をみつけて、死の土地においてそれを失い、戦争、叫喚、正義と愛の狂気、そして苦悩を経て、死すらもひとつの幸福な沈黙である、あの静かな祖国にもどる人間がここにいる。……そうだ、たとえ追放のときであっても、私が夢見ることをさまたげるものは何もない。なぜなら、私は少なくとも確かな知恵としてこのことを知っているのだから。つまり、人間の作品とは芸術という回り道をしながら、心が最初に開かれた二、三の単純で偉大なイメージをふたたび見いだすためのあの長い道程以外のなにものでもないのだ、と。

（『裏と表』序文）

『最初の人間』の補遺にある小説プランと、この『裏と表』に予告されている構想とはほぼ重なり合う。母親の沈黙、この沈黙に負けない言葉をみつけようとする放蕩息子。このカミュの遺作小説は、「仲介者――カミュ未亡人　けっしてこの本を読むことができないであろうあなたに」とみずからの母親に捧げられている。むろん、一九三五年に創作活動をはじめるにあたって、「すべては母親と息子を介して表現されるべきだろう」と『手帖Ｉ』に書いて以来、母親のテーマは彼にとってことのほか重要だった。『裏と表』の短編のひとつ、「諾と否のあいだ」ではさっそく寡黙な母親から学び取った、「すべてにたいする、そしてじぶん自身に対する平静で原始的な無関心」について語っていたし、『異邦人』のムルソーが母親を介して「世界のやさしい無関心に心を開」き、『ペスト』に出てくるリユーの物静かでやさしい母親に、タルーが感銘をうける。だが、この『最初の人間』におけるほど母親が前景化されたことはない。補遺にはこんな文章もある。

おお、母よ、やさしき母よ、愛しき人よ、私の時代を超えて、押しつけられた歴史を超えて、私がこの世で愛したすべてのものよりも真である人よ、おお、母よ、あなたの闇のような真実のまえから逃れ去った息子を許しておくれ。

（『最初の人間』補遺）

さらにこんな驚くべき賛辞まである。

母は十字架のキリストを除いて、キリストの生涯を知らない。にもかかわらず、キリストにもっとも近い者が他にいるだろうか。

（同前）

なぜ、母親が息子からこのような宗教的な崇拝にも似た絶対的な愛情を捧げられるのか。なぜ、息子が「怪物」で、「真実」を体現する母親に「許し」を乞わねばならないのか。おそらく第三部「母親」において、その理由をついに明らかにするつもりだったのだろうが、カミュにはその時間があたえられてはいなかった。それでも、残された第一部と第二部の途中までのあいだに、母親のかなり具体的な肖像が初めていくらかスケッチされている。

　ジャックが父親の墓参の報告をし、父親のことをもっと尋ねようとアルジェにもどる。すると母親は玄関で二、三度キスをしてから、「ねえ、おまえ、おまえはずいぶん遠くに住んでいるんだね」と言って、「すぐに体をまわしてアパートのほうを振り向き、通りに面した食堂にすわりにいった。もう彼のことを考えていないようだった。といって、他のことを考えているわけでもなかった。ときどき奇妙な表情で彼をながめることもあった。まるで今や彼が余計者で、彼女がひとり動きまわっている狭く、空虚で、閉ざされた世界に闖入してきたかのように」。

　この寡黙で何事にも無関心な母親が、何を尋ねても素っ気ないくらいに短く答え、過去のことをうろ覚え程度にしか記憶にとどめていないのは、「貧者はめったに生活している場所を離れないので、空間における指標が少ないし、また一様で灰色の生活のなかにも指標が少ないからである」。そのうえ彼女は若いころに罹った病気のため、耳が不自由になって言語障害になり、「もっとも恵まれない者でさえ教えてもらうようなことすら学ぶことができなかった」。そのため、いつしか「無言の諦め」が身についてしまった。さらに夫の戦死後、ふたりの幼子を連れてアルジェの貧民街の母親のアパートに身を寄せたが、独裁的な母の命令にしたがい、一日中、他家の家政婦をして働かざるをえなかった。「彼女の人生全体が、抗うことができず、ただ耐えることができるだけの不幸からなっていた」が、それでもなんの不平も言わず、いかなる怨恨とも無縁だった。そんな人を寄せつけず、ひたすら無欲と受苦の化身のような母親のまえにいると、息子はじぶんが「高貴な種族、なにも羨ましがらない種族」の一員だと感じたという。

にもかかわらず、無名性と貧困の世界に耐えきれず、みずからの境遇と家族を見捨て、記憶も伝統ももたない「最初の人間」として、ただじぶんの才覚だけによって「人生の王」になった息子のほうは、「歴史のあらゆる狂気」に身を投じて、歴史と無縁に生きている母親のような「無垢」を失い、「怪物」になったと感じている。ジャックの職業が何かは不明だが、かりにカミュのような作家だったとして、その彼は母親にじぶんの何を「許して」もらおうとしたのか。歴史にかかわって、みずからの「無垢」をなくしたことだろうか。じぶんだけが無名性と貧困から逃れ、ずっと母親をひとりにしておいたことだろうか。いずれにしろ、書き残された部分だけでも、この母親はずいぶん立派で、おのずから気品のある存在だということは充分に分かるが、肝心の「心が最初に開かれた二、三の単純で偉大なイメージ」はついに書かれないままに終わった。

ただ彼が「許し」を乞おうとした「愛するひと、唯一愛するひとは永久に無言のままであろう」、「本は未完でなければならない」というメモもあるから、謎は謎のまま、彼がみずからの「ほの暗い部分」と呼んでいるところに残されたのかもしれない。あるいは、「名づけられたものは、すでに失われたものではないだろうか」とも考えていた彼のことだから、あるがままの母親を失わないために最初から書くつもりがなかったのか。いずれにしろ、このように「キリストにもっとも近」く、「大地のもたらす最良のもの」とまで崇拝された母親への絶対的な愛を書き残した作家はあまりいないだろう。

おわりに

フォークナーは一九六〇年一月に早世したカミュについて、雑誌NRFに寄せた追悼文のなかでこう述べている。

彼は若すぎた、仕事を成就する時間がなかったという者がいるかもしれない。しかし問題はどれだけの時間でも、どれだけの量でもなく、何をということである。彼にドアが閉じられたとき、彼はすでにあらゆる芸術家が書こうと願っていることを書いてしまっていたのだ。

カミュは五六年に、フォークナーの『尼僧への鎮魂歌』をフランス語で脚色し、みずから演出して大成功を収めたこともあって、フォークナーとはかなり親密な間柄だった。フォークナーのほうも一六歳年下のカミュのことを、「たえずじぶんを探し、じぶんに問う」作家として敬意をもち、五七年にカミュがノーベル文学賞をうけたとき、わざわざストックホルムに祝電を送ったという。

独特のやや晦渋な作家観をもつフォークナーの文学的見解は高度に精神的な次元に属するので同日の談ではないが、これまで見てきたことから言って、大半のひとはやはりカミュの死はいかにも唐突で、早すぎたと考えるだろう。まして、『最初の人間』に見られるいくつもの文学的な潜在性、可能性を思えば、なおさら痛恨に堪えない。とはいえ、いつまで嘆いてみたところで詮なき話だ。私たちはすでにあるカミュの膨大なテクスト群（邦訳すれば、四百字詰め原稿用紙で二万枚くらい）だけでも簡単に読み切れるものではないのだから。

私はそれらのごく一部から、カミュの〈言葉〉としてよく引用され、意味深いと思われるテクストを選び、それを解説しながら、じつはカミュの知的肖像と言えそうなものを描出しようとしてきた。彼の言葉をほぼ年代順にならべたのはそのための方便だった。この秘かな試みがどこまで実を結んだかはなはだ心許ないが、私が心に描いているカミュの知的肖像とは、「ティパサへの帰還」（『夏』）と題するエッセーの最後のくだりに凝縮されるような、彼自身の自画像の記述に似たものである。

『反抗的な人間』をめぐる論争の数々に疲れたカミュは、久しぶりに青春の聖地であるティパサを訪れ、以前と同じような美、若々しい空を見いだし、最悪の狂気の年月のあいだもその空の思い出が彼からけっして去らなかったことを幸運に思い、そのおかげで絶望しないですんだという。そこでは「世界が毎日、新しい光のなかでふたたびはじまる」のであり、「冬のただ中にも、私のうちには不屈の夏があることをついに学んだ」と述べたあと、こう決意を語る。

私たちのような困難な時代において、何も排除せず、切れそうになるくらい張りつめた同じ縄を白と黒の糸で編むこと以外に、私に何ができよう。これまで私がしたり、言ったりしてきたすべてのことには、たとえ矛盾するときでも、ふたつの力があったことが認められるように思われる。私はじぶんが生まれたところの光を否認できなかったけれども、この時代が求める服従を拒否することも欲しなかった。……そう、一方に美があり、他方に圧政に苦しむ者たちがいる。この企てがどれほど困難なものであれ、私はその一方にも、他方にも不忠でありたくない。

（『夏』「ティパサへの帰還」）

美と暴虐、夏と冬、フランス人とアラブ人、幸福と貧困、身体と精神、生と死、反抗と革命、世界と歴史など、カミュはいくつもの対立もしくは矛盾に直面したが、いずれも安易な解消に走らず、まずその対立、矛盾を明晰に認識するところからはじめた。なぜなら、「ひとは一方の端につくことではなく、両方の端に同時にふれることによって初めておのれの偉大さを示す」

（パスカル）ことを知っていたからだ。そしてどんな宗教的、政治的なイデオロギーにも頼らず、ときには主張の素朴さも気にせず、一つひとつみずからの思考によって愚直なまでに誠実に解決しようとした。知的意匠よりも身体の声に耳を傾け、だれにでも分かるが、ほんとうには分かっていない「基本的な事柄を言う勇気」を失わなかった。その結果、生きているときにはさんざん批判され、冷笑され、あるいは黙殺された彼の異端的な思想が、死後になって思いもかけないところで評価、再評価され、その先見の明を讃えられることにもなった。

その事例のひとつはハンナ・アーレントのように、すでに一九五〇年代はじめにヒトラー体制もスターリン体制もともに全体主義として捉え、批判できたことだ。と同時に、時代のさまざまなイデオロギー的狂信と虚妄を暴き、あえて「謙虚なデモクラシー」と「消極的ユマニスム」を説くことによって、ますます世界を覆いつつあるシニカルなニヒリズムに抵抗し、乗り越える方途を示すことができた。つぎに、これは限定的な意味で言うほかはないが、アルジェリア問題、植民地問題では、みずからを「諸原則よりも兄弟のほうが滅ぶべきだと英雄的に考える者たち」とは別の「人種」だと認めて歴史の敗者になることを選んだが、これがイデオロギーと革命神話が黄昏を迎えた世紀末の「国境なき医師団」のような新たな社会的連帯の原理になり、そして二一世紀になって新世代のアルジェリアの知識人の一部によっても先見性が正当に評価されつつある。

今世紀の私たちの国では、政治も社会も文化も、シニカルなニヒリズムとも言うべき拝金主義に前世紀以上に支配され、大半の国民がこれに自発的に隷従している。このような精神状況では、冷戦期の異端的な作家、思想家だったカミュの言った「反抗」という言葉が、どれだけの意味をもちうるのか懐疑的にならざるをえない。とはいえ、何事も絶望するのはつねに早計である。どの時代でも、たとえ少数だろうと、トクヴィルの言う「政治的自由」や、カミュの言う「不屈の夏」、つまり人間としての矜持を失っていない者が必ずいたからこそ、歴史はこれまでつづいてきたのだから。おわりにあたって、私はカミュに倣って、ルネ・シャールのつぎの詩を引いておきたい。

ふたたび彼らにあたえよ、彼らのなかにもう現前していないものを、
ふたたび彼らは、収穫の種が穂に閉じこもり、草のうえで動いているのを見るだろう。
彼らに教えよ、転落から飛躍までの、彼らの顔の一二カ月を、
彼らはつぎの欲望まで、心の空白をいとおしむだろう。
なぜなら、なにものも難破しないのだし、遺灰を好みもしないのだから。
そして、土地が果実に到達するのを見ることができる者、
その者を失敗はいささかも動揺させない、たとえ彼がすべてを失ったとしても。

主要参考文献

作品・事典・伝記・回想

Camus, Albert, Jean Grenier, *Correspondance*, Gallimard, 1981.

Camus,Albert, *Œuvres complètes*, tome I-IV, Gallimard, Bibliothèque de la Pléiade, 2006, 2008.

Camus, Albert, René Char, *Correspondance*, Gallimard, 2007.

Daniel, Jean, *Albert Camus, Comment résister à l'air du temps*, Gallimard, 2006.

Grenier, Jean, *Albert Camus, souvenirs*, Gallimard, 1968.（井上究一郎訳『アルベール・カミュ回想』竹内書店、一九七二年）

Grenier, Roger, *Albert Camus, soleil et ombre, une biographie intellectuelle*, Gallimard, 1987.

Guérin, Jeanyves, édi., *Dictionnaire Albert Camus*, Robert Lafont, 2009.

Lotman, Herbert R., *A Biography*, Doubleday & Company, Inc. 1979.（大久保　敏彦・石崎晴己訳『伝記アルベール・カミュ』清水弘文堂、一九八二年）

Moreau, Jean-Luc, *Camus l'intouchable*, Ecriture, 2010.

Roblès, Emmanuel, *Camus, frère de soleil*, Le Seuil, 1995.（大久保敏彦・柳沢淑枝訳『カミュ太陽の兄弟』国文社、一九九九年）

Todd, Olivier, *Albert Camus, une vie*, Gallimard, 1996.（有田裕英也・稲田晴年 訳『アルベール・カミュ』毎日新聞社、二〇〇一年）
Vircondelet, Alain, *Albert Camus. fils d'Alger*, Pluriel, 2013.

アルベール・カミュ全集全一〇巻、高畠正明他訳、新潮社、一九七二―七三年
カミュ『幸福な死』高畠正明訳、新潮社、一九七六年
カミュ『最初の人間』大久保敏彦訳、新潮社、一九九六年
カミュ『転落・追放と王国』大久保敏彦訳、新潮社、二〇〇三年
カミュ／サルトル『革命か反抗か』佐藤朔訳、新潮社、一九六九年
千々岩靖子『カミュ――歴史の裁きに抗して』名古屋大学出版局、二〇一四年
西永良成『評伝アルベール・カミュ』白水社、一九七六年
三野博司『カミュを読む――評伝と全作品』大修館書店、二〇一六年

研究書

Albert Camus et les écritures algériennes, Rencontres méditerranéennes de Lourmarin, Aix-en-Provence, Edisud, 1986.
Albert Camus, écrits libertaires（*1948-1960*）, rassemblés et présentés par Lou Marin, Egrégore, 2008.
Brisville, Jean-Claude, *Camus*, Gallimard, 1959.

Castillo, Eduard, *Pourquoi Camus?*, Philippe Rey, 2013.
Chaulet-Achour Chritiane, *Albert Camus, Alger. L'Etranger et autres récits*, Atlantica, 1998.（大久保敏彦・松本陽正訳『アルベール・カミュ、アルジェ——『異邦人』と他の物語』国文社、二〇〇七年）
Crochet, Monique, *Les Mythes dans l'œuvre de Camus*, Editions universitaires, 1973.（大久保敏彦訳『カミュと神話の哲学』清水弘文堂、一九七六年）
Guérin, Jeanyves, *Albert Camus. Littérature et politique*, Champion, 2013.
Mattéi, Jean-François, éd., *Albert Camus. Du refus au consentement*, PUF, 2013.
O'Brien, Conor Cruise, *Albert Camus*, Seghers, 1970.
Quillot, Roger, *La mer et les prisons. Essai sur Albert Camus*, Gallimard, 1970.
Rey, Pierre-Louis, *Camus. une morale de la beauté*, SEDES, 2000.
Citations de Camus expliquées, Eyolles, 2013.

作品研究

Barthes, Roland, *Le degré zéro de l'écriture*, *Œuvres complètes*, tome 1, Seuil, 1993.
Girard, René, *Pour un nouveau procès de l'Etranger*, *Cahiers* Albert Camus16, Minard, 1968.
Pingaud, Bernard, *L'Etranger d'Albert Camus*, Gallimard, 1992.
Rey, Pierre-Louis, *Le Premier Homme d'Albert Camus*, Gallimard, 2008.
Sartre, Jean-Paul, "Explication de l'Etranger," *Situations I*, Gallimard, 1947.

松本陽正『『異邦人』研究』広島大学出版会、二〇一六年
松本陽正『アルベール・カミュの遺稿 *Le Premier homme* 研究』駿河台出版社、一九九九年
三野博司『カミュ『異邦人』を読む』彩流社、二〇〇二年

その他

Grenier, Jean, *Les îles*, Gallimard, Les Essais, 1933.（井上究一郎訳『孤島』竹内書店、一九六九年）
Grenier, Jean, *Inspirations méditerranéennes*, Gallimard, 1940.（成瀬駒雄訳『地中海の瞑想』竹内書店、一九七一年）
Grenier, Jean, *Essai sur l'esprit d'orthodoxie*, Gallimard, 1938.（西永良成訳『正統性の精神』国文社、一九八八年）
Manent, Pierre, *Toqueville et la nature de la démocratie*, Fayard, 1993.
サイード、E・W『文化と帝国主義1』大橋洋一訳、みすず書房、一九九八年
トクヴィル、アレクシス・ド『旧体制と大革命』小山勉訳、ちくま文庫、一九九七年
トクヴィル、アレクシス・ド『アメリカのデモクラシー』全四巻、松本礼二訳、岩波文庫、二〇〇五年
トドロフ、ツヴェタン編『ジェルメーヌ・ティヨン――レジスタンス・強制収容所・アルジェリア戦争を生きて』小野潮訳、法政大学出版局、二〇一四年

ニーチェ全集全二五巻、浅井真男他訳、白水社、一九八〇―二〇〇〇年
西谷修『いま「非戦」を掲げる』青土社、二〇一八年

あとがき

大学の卒業論文、修士論文のテーマにカミュを選び、三年ほどパリに留学してから、その成果をいくらか活かして、『評伝アルベール・カミュ』を白水社から上梓したのは一九七六年、いまから四〇年まえのことだった。その後、カミュからルネ・シャール、ミラン・クンデラ、ルネ・ジラール、ヴィクトル・ユゴーへと私の関心が脈絡もなく移ってしまい、カミュのことはほとんど忘れたような状態だった。

とはいえその間、カミュにたいする興味がすっかりなくなったわけではない。一巻と二巻しか刊行されず、未刊だった『手帖』が続刊されるとか、やはり未刊だった『幸福な死』や『最初の人間』がようやく刊行されるとか、ロジェ・キーヨ監修のプレイヤード版カミュ全集二巻が、ジャクリーヌ・レヴィ＝ヴァランシー他の監修による新プレイヤード版カミュ全集に取って代わられるとか、あるいはオリヴィエ・トッドの決定的な伝記が公刊されるといった機会に、それなりにフォローしてきたつもりだ。そしてそのたびに、旧著の不備・欠陥に気づかされることが多々あった。

なかでももっとも顕著な不備、欠陥は、カミュとアルジェリアとの関係がきわめて重要であるにもかかわらず、資料不足もあって、旧著での取り扱いがまったく不充分なことであった。そこで今度、新たな機会をあたえられ、ふたたびカミュを論じるにあたって、なによりも心がけたのはその欠落部分を埋めることだった。

また、私がカミュに関心をもちはじめたのは一九六〇年代後半であり、カミュはほとんど同時代人だった。当然のことながら、そのころに比べて、私をふくむ大方の人びとのカミュ、それからカミュの名前と切り離せないサルトルにたいする見方、評価が変わってきている。その変化、変容のこともできるだけ本書の記述に取り入れるように努めたつもりである。

本書はもとより学術書として書かれたものではなく、いわばエッセー的な評論である。そこで註や引用部分の出典の頁数などはすべて削除した。なお、本書中の引用文などの翻訳は、訳者名が記してあるものを除いて、すべて私の試訳である。むろん、参考文献にある訳書を大いに参考にさせていただいた。それぞれの訳者の方々に深く感謝したい。

本書刊行にあたって、ぷねうま舎の中川和夫氏のご理解とご尽力をたまわった。拙著『激情と神秘――ルネ・シャールの詩と思想』（岩波書店、二〇〇六年）、『グロテスクな民主主義――文学の力、ユゴー、サルトル、トクヴィル』（ぷねうま舎、二〇一三年）に引きつづき、同氏と仕事をともにできたことを真に幸運に思う。心から感謝したい。

二〇一八年一月

西永良成

西永良成

1944年生まれ. 東京大学フランス文学科卒業. 同大学院に入学後, 1969-72年, フランス政府給費留学生として, パリの高等師範学校およびソルボンヌ大学に留学. 1978-80年, フランス国立東洋語学校講師. 2007-09年, パリ・日本館館長. 現在, 東京外国語大学名誉教授.
著作に『評伝アルベール・カミュ』(1976),『サルトルの晩年』(1988),『ミラン・クンデラの思想』(1998),『変貌するフランス——個人・社会・国家』(1998),『「個人」の行方——ルネ・ジラールと現代社会』(2002),『激情と神秘——ルネ・シャールの詩と思想』(2006),『グロテスクな民主主義/文学の力——ユゴー, サルトル, トクヴィル』(2013),『小説の思考——ミラン・クンデラの賭け』(2016),『『レ・ミゼラブル』の世界』(2017) ほかがある. 訳書は, ポール・ヴェーヌ『詩におけるルネ・シャール』(1999),『私たちの世界がキリスト教になったとき——コンスタンティヌスという男』(2010), ユゴー『レ・ミゼラブル』(2012-14) のほか, サルトル, クンデラなど多数.

カミュの言葉　光と愛と反抗と

2018年３月23日　第１刷発行

著　者　西永良成（にしながよしなり）

発行者　中川和夫

発行所　株式会社ぷねうま舎
〒162-0805　東京都新宿区矢来町122　第二矢来ビル3F
電話　03-5228-5842　ファックス　03-5228-5843
http://www.pneumasha.com

印刷・製本　株式会社ディグ

ISBN 978-4-906791-79-8　Printed in Japan

グロテスクな民主主義／文学の力
——ユゴー、サルトル、トクヴィル——
西永良成
四六判・二四二頁
本体二六〇〇円

回想の１９６０年代
上村忠男
四六判・二六〇頁
本体二六〇〇円

破局のプリズム
——再生のヴィジョンのために——
西谷　修
四六判・二六〇頁
本体二五〇〇円

アフター・フクシマ・クロニクル
西谷　修
四六判・二三二頁
本体二〇〇〇円

３・11以後　この絶望の国で
——死者の語りの地平から——
山形孝夫・西谷　修
四六判・二六二頁
本体二五〇〇円

３・11以後とキリスト教
荒井　献・本田哲郎・高橋哲哉
四六判・二二四頁
本体一八〇〇円

パレスチナ問題とキリスト教
村山盛忠
四六判・一九三頁
本体一九〇〇円

イスラームを知る四つの扉
竹下正孝
四六判・二九八頁
本体二八〇〇円

声　千年先に届くほどに
姜　信子
四六判・二二〇頁
本体一八〇〇円

——ぷねうま舎——
表示の本体価格に消費税が加算されます
2018年３月現在